AF202279

Tucholsky Wagner Zola Scott Sydow Freud Schlegel
Turgenev Wallace Fonatne
Twain Walther von der Vogelweide Fouqué Friedrich II. von Preußen
Weber Freiligrath Frey
Fechner Weiße Rose von Fallersleben Kant Ernst Frommel
Fichte Richthofen
Hölderlin
Engels Fielding Eichendorff Tacitus Dumas
Fehrs Faber Flaubert
Maximilian I. von Habsburg Fock Eliasberg Zweig Ebner Eschenbach
Feuerbach Ewald Eliot Vergil
Goethe Elisabeth von Österreich London
Mendelssohn Balzac Shakespeare Dostojewski Ganghofer
Trackl Lichtenberg Rathenau Doyle Gjellerup
Stevenson Hambruch
Mommsen Tolstoi Lenz Hanrieder Droste-Hülshoff
Dach Thoma von Arnim Hägele Hauff Humboldt
Verne Rousseau Hagen Hauptmann Gautier
Karrillon Reuter Garschin Baudelaire
Damaschke Defoe Hebbel
Descartes Hegel Kussmaul Herder
Wolfram von Eschenbach Dickens Schopenhauer Rilke George
Bronner Darwin Melville Grimm Jerome Bebel Proust
Campe Horváth Aristoteles Federer
Bismarck Vigny Barlach Voltaire Herodot
Gengenbach Heine
Storm Casanova Tersteegen Grillparzer Georgy
Lessing Gilm
Chamberlain Langbein Gryphius
Brentano Lafontaine
Strachwitz Claudius Schiller Kralik Iffland Sokrates
Katharina II. von Rußland Bellamy Schilling
Gerstäcker Raabe Gibbon Tschechow
Löns Hesse Hoffmann Gogol Wilde Vulpius
Luther Heym Hofmannsthal Morgenstern Gleim
Klee Hölty Goedicke
Roth Heyse Klopstock Kleist
Luxemburg Puschkin Homer Mörike Musil
La Roche Horaz
Machiavelli Kierkegaard Kraft Kraus
Navarra Aurel Musset Moltke
Lamprecht Kind Hugo
Nestroy Marie de France Kirchhoff
Laotse Ipsen Liebknecht
Nietzsche Nansen
Marx Lassalle Gorki Klett Ringelnatz
von Ossietzky Leibniz
May Lawrence
vom Stein Irving
Petalozzi Platon Knigge
Sachs Pückler Michelangelo Kafka
Poe Kock
Liebermann Korolenko
de Sade Praetorius Mistral Zetkin

Die Geheimnisse / Merkwürdige Korrespondenz des Autors mit verschiedenen Personen

E.T.A. Hoffmann

Impressum

Autor: E.T.A. Hoffmann
Umschlagkonzept: toepferschumann, Berlin

Verlag: tredition GmbH, Hamburg
ISBN: 978-3-8424-0452-6
Printed in Germany

E.T.A. Hoffmann

Die Geheimnisse

Fortsetzung des Fragments aus dem Leben eines Phantasten: »«

Merkwürdige Korrespondenz des Autors mit verschiedenen Personen (als Einleitung)

Mein Herr! Unerachtet gewisse Schriftsteller und sogenannte Dichter wegen ihres nicht leicht zu unterdrückenden Hanges zur groben Lüge und anderer der gesundesten Vernunft schädlicher Phantasterei nicht in dem besten Rufe stehen, so habe ich doch Sie, der Sie ein öffentliches Amt bekleiden, mithin wirklich etwas sind, ausnahmsweise für einen wackern gutmütigen Mann gehalten. Kaum in Berlin angekommen, mußte ich mich aber leider vom Gegenteil überzeugen. Womit habe ich alter schlichter, einfacher Mann, ich ruhmvoll entlassener Kanzleiassistent, ich Mann von feinem Verstande, humanen Sitten, großer Wissenschaft, ich Ausbund von gutem Herzen und schöner Denkungsart, womit, sage ich, habe ich es um Sie verdient, daß Sie mich dem verehrungswürdigen Publikum in Berlin zur Schau stellen und in dem Taschenkalender von diesem Jahr nicht allein alles erzählen, was sich mit dem Herrn Baron Theodor von S., meiner fürstlichen Pflegebefohlnen und mir begeben, sondern mich noch dazu (ich habe alles erfahren) abkonterfeien lassen nach dem natürlichen Leben und in Kupfer stechen, wie ich lustwandle mit meinem Herzenskinde über den Pariser Platz durch die Linden und wie ich dann im Bette liege in zierlichen Nachtkleidern und mich erschrecke über des Herrn Barons unvermuteten Besuch. Ist Ihnen vielleicht mein elektrophorischer Haarzopf, worin zugleich mein Reisebesteck befindlich, in die Quere gekommen? Hat Ihnen mein Blumenstrauß mißfallen? Haben Sie etwas dagegen, daß das Pupillen-Kollegium auf Zypern mich zum Vormunde der – ja! nun denken Sie, ich werde den Namen der

Schönsten geradezu hinschreiben, damit Sie ihn auch ausschreien können in Taschenbüchern und Journalen. Das lasse ich aber bleiben, sondern frage bloß im allgemeinen, ob Sie vielleicht mit der Verfügung jenes zyprischen Kollegiums unzufrieden sind? Sein Sie überzeugt, mein Herr, daß bei Ihrem unnützen Treiben in Schriftstellerei und Musik weder der Präsident noch irgendein Rat des hiesigen oder irgendeines andern Pupillen-Kollegii Ihnen das Vertrauen geschenkt und Sie zum Vormunde eines zum Entzücken schönen, geistreichen Frauenzimmers bestellt haben würde, wie es jenes ehrwürdige Kollegium getan hat. Und überhaupt, wollen Sie auch hier in der Stadt was vorstellen, und mögen Sie auch manches ganz artig zu verfügen verstehen, vermöge Ihres Amts, so haben Sie sich doch darum, was in Zypern verfügt worden, ebensowenig zu bekümmern als um meine wächserne Finger und um meine Spitzenhaube, die Sie wahrscheinlich auf Herrn Wolfs Kupfertafel betrachten mit neidischen Blicken. Danken Sie Gott, mein Herr! daß Sie nicht, so wie ich, eintreten wollten in die Ottomanische Pforte, gerade als sie zugeschlagen wurde. Wahrscheinlich hätten Sie, vermöge des gewöhnlichen Schriftstellervorwitzes, nicht die Finger hineingestreckt, sondern die Nase und müßten jetzt, statt daß Sie andern honetten Leuten wächserne Nasen zu drehen unternehmen, selbst eine dergleichen tragen. Daß Sie einer zierlichen Morgenkleidung von weißem, mit Rosaschleifen besetzten Musselin und einer Spitzenhaube einen Warschauer Schlafrock und ein rotes Käppchen vorziehen, ist Sache des Geschmacks, und will ich nicht mit Ihnen darüber rechten. – Und wissen Sie wohl, mein Herr! daß mir Ihre leichtsinnige Ausplauderei im Taschenkalender, gleich nachdem in den Intelligenzblättern unter den angekommenen Fremden mein Name gestanden hatte, die allergrößten Unannehmlichkeiten zuzog? Die Polizei hielt mich, mußte mich nach Ihrem Gewäsche, oder vielmehr, da Sie die Geheimnisse meines Herzenskindes austrompetet, für denjenigen Frevler halten, der den melonenleibichten Apollo im Tiergarten und auch wohl andere Statuen verunstaltet hat, und es kostete viel Mühe, mich zu rechtfertigen und darzutun, daß ich ein enthusiastischer Kunstfreund sei und nichts weniger als ein verstellter abergläubischer Türke. Sie sind selbst ein Rechtskundiger und haben nicht einmal bedacht, daß mich die verwünschte Apollosnase hätte als Staatsverbrecher nach Spandau bringen oder mir gar eine Tracht der unbilligsten Prügel zuziehen können, wenn nicht, was letzteres betrifft, von der gütigen Natur mein Rücken durch ein geschickt angelegtes Bollwerk auf ewig gegen alle Prügel bewahrt wäre. Lesen Sie im zwanzigsten Titel des Zweiten Teils vom »Allgemeinen Landrecht« die §§ 210, 211 nach und schämen Sie sich, daß ein verabschiedeter Kanzleiassistent aus Brandenburg Sie daran erinnern muß. Kaum der Untersuchung und Strafe entronnen, wurde ich in meiner Wohnung, die man unglücklicherweise erfahren, auf eine solch entsetzliche Art bestürmt, daß ich wahnsinnig werden, verzweifeln müssen, wäre ich nicht ein fester gesetzter Mann und durch meine vielfachen gefahrvollen Reisen hinlänglich gewöhnt an bedrohliches Ungemach. Da kamen Frauenzimmer und verlangten, gewohnt, alles prompt und wohlfeil zu haben, eben daher aber eifrige und stetige Käuferinnen der prächtigen Modewaren in Auktionen ihre Laden räumender Kaufleute, ich solle ihnen auf der Stelle türkische Shawls drucken. Am ärgsten unter ihnen trieb es Mademoiselle Amalie Simson, welche nicht nachließ mit Bitten und Flehen, ich möge ihr doch auf den Brustteil eines Spenzers von rotem Kasimir ein hebräisches Sonett, das sie selbst gedichtet, hinsetzen mit Goldtinktur. Andere Leute aus den verschiedensten Ständen wollten bald meine Wachsfinger anschauen, bald mit meinem Haarzopf spielen, bald meinen Papagei Griechisch sprechen hören.

Junge Herren mit Wespentaillen, turmhohen Hüten, Kosakenhosen und goldnen Sporen lorgnettierten umher, kuckten durch Ferngläser, als wollten sie die Wände durchschauen. Ich weiß, wen sie suchten, und manche hatten auch dessen gar kein Hehl, sondern fragten kecker unverschämterweise geradezu nach der schönen Griechin, als sei mein himmlisches Fürstenkind ein wunderbares Naturspiel, das ich der gaffenden Menge ausstelle. Widerlich, gar widerlich erschienen mir diese jungen Leute, aber noch viel abscheulicher war es mir, wenn manche sich mir geheimnisvoll nahten und mystische Worte sprachen von Magnetismus, Siderismus, magischen Verknüpfungen durch Sympathie und Antipathie und so weiter, und dabei wunderliche Gebärden und Zeichen machten, um sich mir als Eingeweihte zu zeigen, ob ich gleich gar nicht verstand, was sie wollten. Lieber waren mir die, welche ganz treuherzig verlangten, ich solle ihnen ein bißchen wahrsagen aus der Hand oder aus dem Kaffeegrunde. – Es war ein heilloses Treiben, ein wahrer Teufelssabbat in dem Hause. – Endlich gelang es mir, bei Nacht und Nebel mich davonzumachen und eine Wohnung zu beziehen, die bequemer, besser eingerichtet ist und auch den Wünschen meiner Fürstin mehr entspricht – entsprechen würde, wollt ich sagen, denn ich befinde mich jetzt allein. – Mein jetziges Logis erfährt niemand und am allerwenigsten *Sie*, da ich Ihnen durchaus nichts Gutes zutraue.

Und wer ist einzig und allein an dem ganzen Spektakel schuld als Sie? Wie kommen Sie dazu, mich dem Publikum so zweideutig darzustellen, daß ich für einen unheimlichen Kabbalisten gelten muß, der mit irgendeinem geheimnisvollen Wesen in seltsamer Verbindung lebt.

Ein ehrlicher verabschiedeter Kanzleiassistent soll ein Hexenmeister sein, welch ein Unsinn! – Was geht Ihnen, mein Herr! überhaupt das magische Verhältnis an, in dem ich mit meinem Herzenskinde stehe, mag es nun wirklich stattfinden oder nicht? – Mögen Sie auch Talent genug besitzen, zur Not eine Erzählung oder einen Roman mit angestrengter Mühe zusammenzudrechseln, so fehlt es Ihnen doch so gänzlich an gehörigem tiefem Verstande und sublimer Wissenschaft, um auch nur eine Silbe zu verstehen, wenn ich mich herablassen sollte, Sie über die Geheimnisse eines Bundes zu belehren, der dem Ersten aller Magier, dem weisen Zoroaster selbst, nicht unwürdig erscheinen möchte. Es ist nichts Leichtes, mein Herr! so wie ich einzudringen in die tiefsten Tiefen der göttlichen Kabbala, aus denen sich schon hienieden ein höheres Sein emporschwingt, so wie aus der Puppe sich der schöne Schmetterling entwickelt und mutig flatternd emporsteigt. Es ist aber meine erste Pflicht, niemanden meine kabbalistischen Kenntnisse und Verbindungen zu verraten, und daher schweige ich auch gegen Sie davon, so daß Sie mich von nun an lediglich für einen schlichten verabschiedeten Kanzleiassistenten und wackern Vormund eines liebenswürdigen vornehmen Frauenzimmers halten müssen. Sehr unlieb und schmerzhaft wird es mir auch sein, wenn Sie oder jemand anders erfahren sollte, daß ich jetzt in der Friedrichsstraße unweit der Weidendammer Brücke Nr. 9– wohne. Habe ich Ihnen, mein Herr! gebührend vorgehalten, wie Sie sich, wenn auch nicht gerade boshafter-, so doch leichtsinnigerweise vergangen, so füge ich nur noch die Versicherung hinzu, daß ich das Gegenteil von

Ihnen bin, nämlich ein besonnener, gutmütiger, alles, was zu unternehmen, vorher wohl überlegender Mann. Sie sind daher für jetzt vor meiner Rache völlig sicher, und das um so mehr, weil mir eben keine Mittel zu Gebote stehen. Wäre ich ein Rezensent, so würde ich Ihre Schriften weidlich herunterhunzen und dem Publikum so klar dartun, wie es Ihnen an allen Eigenschaften eines guten Schriftstellers mangle, daß kein Leser etwas von Ihnen mehr lesen, kein Verleger es mehr verlegen sollte. Aber da wär's denn doch nötig, erst Ihre Schriften zu lesen, und davor soll mich der Himmel behüten, da nichts als bare Ungereimtheiten, die gröbsten Lügen darin enthalten sein sollen. Überdem wüßte ich auch nicht, wie ich, die ehrlichste Taubenseele von der Welt, zu der gehörigen Masse von Galle kommen sollte, die jeder tüchtige Rezensent zum Verbrauch stets vorrätig haben muß. – Wäre ich, wie Sie es haben dem Publikum andeuten wollen, wirklich eine Art von Magus, so sollt es freilich anders stehen mit meiner Rache. Darum für jetzt Verzeihung, Vergessen des zutage geförderten Unsinns über mich und meine Pflegebefohlne. Sollten Sie sich aber unterfangen, etwa in dem künftigen Taschenkalender auch nur ein Wörtchen von dem zu erwähnen, was sich weiter mit dem Baron Theodor von S. und uns begeben, so bin ich fest entschlossen, mich, mag ich nun sein, wo ich will, augenblicklich umzusetzen in das kleine spanisch kostümierte Teufelspüppchen, das auf Ihrem Schreibtische steht, und Ihnen, kommt Ihnen der Gedanke zu schreiben, nicht einen Augenblick Ruhe zu lassen. Bald springe ich Ihnen auf die Schulter und sause und zische Ihnen in die Ohren, daß Sie keines Gedankens mächtig bleiben, sei er auch noch so einfältig. Bald springe ich ins Tintenfaß und bespritze das fertige Manuskript, so daß der geschickteste Setzer nicht den gesprenkelten Marmor zu entziffern vermag. Dann spalte ich die appetitlich gespitzten Federposen, werfe das Federmesser in dem Augenblick, als Sie darnach greifen, vom Tische herab, so daß die Klinge abspringt, dann verstöre ich die Papiere durcheinander, bringe die mit allerlei Notizen beschriebenen kleinen Blättchen in gehörigen Luftzug, daß sie, wird nur die Türe geöffnet, lustig emporwirbeln, dann klappe ich die aufgeschlagenen Bücher zu und reiße aus andern die hineingelegten Zeichen heraus, dann ziehe ich Ihnen das Papier, während Sie schreiben, unter dem Arme weg, so daß ein schnöder Zirkumflex die Handschrift verdirbt, dann stülpe ich schnell das Glas Wasser um, als Sie eben trinken wollen, so daß alles unterzugehen droht in der Wasserflut und alle Ihre wässerichten Gedanken zurückkehren in das Element, dem sie angehören. – Genug, ich will all meine Weisheit aufbieten, Sie als Teufelspüppchen recht sinnreich zu quälen, und dann wollen wir sehen, ob es Ihnen möglich sein wird, noch mehr aberwitziges Zeug zu schreiben, als bereits geschehen. – Wie gesagt, ich bin ein stiller, gutmütiger friedliebender Kanzleiassistent, dem schnöde Teufelskünste fremd sind, aber Sie wissen, mein Herr! wenn kleine, nach hinten zu über die Regel heraus geformte Leute mit langen Zöpfen in Zorn geraten, so ist von Schonung nicht weiter die Rede. Nehmen Sie meine wohlgemeinte Warnung wohl zu Herzen und unterlassen Sie jeden ferneren Bericht in Taschenbüchern, sonst bleibt es beim Teufel und seinen Streichen.

Aus allem, mein Herr! werden Sie übrigens hinlänglich ersehen haben, wie gut, so wie viel besser ich Sie kenne als Sie mich. Angenehm kann jetzt unsere nähere Bekanntschaft nicht sein, darum wollen wir uns sorgfältig vermeiden, und eben deshalb habe ich auch alle Anstalten getroffen, daß Sie meine Wohnung niemals erfahren werden. – Adieu pour jamais!

Noch eins! – Nicht wahr, die Neugierde quält Sie zu wissen, ob mein Herzenskind bei mir ist oder nicht? Ha! ha! ha! das glaub ich! Aber kein Jota erfahren Sie davon, und diese kleine Kränkung sei die einzige Strafe für das, was Sie an mir begangen.

Mit aller Achtung, die Ihnen, mein Herr! sonst gebührt, zeichne ich mich als

Berlin, den 25. Mai 1821.

Ihren ganz ergebensten
Irenäus Schnüspelpold
vormals Kanzleiassistent
zu Brandenburg.

N. S. Apropos – Sie wissen vermutlich oder können es leicht erfahren, wo man jetzt hier den reichsten und geschmackvollsten Damenputz kauft. Wollen Sie mir das noch heute gefälligst sagen lassen, so bin ich zwischen neun und zehn Uhr abends in meiner Wohnung anzutreffen.

Adresse

Sr. Wohlgeb. Herrn etc. *E. T. A. Hoffmannn,*
dermalen im Tiergarten bei Kempfer

Wirklich erhielt der, an den dieses Schreiben gerichtet und den wir der Kürze halber mit Hff. bezeichnen wollen, dasselbe gerade zur Zeit, als er in der sogenannten Spanischen Gesellschaft, die sich bekanntlich alle vierzehn Tage bei Kempfer im Tiergarten versammelt und keine andere Tendenz hat, als auf gute deutsche Art Mittag zu essen, zu Tische saß.

Man kann denken, wie sehr Hff. überrascht wurde, als er, seiner Gewohnheit nach zuerst die Unterschrift lesend, den Namen Schnüspelpold fand. Er verschlang die ersten Zeilen, als er aber die unbillige Länge des noch dazu mit seltsam verschnörkelten Buchstaben geschriebenen Briefes gewahrte und zugleich sich überzeugte, daß sein Interesse immer mehr und mehr und zuletzt vielleicht auf unangenehme Weise erregt werden dürfte, hielt er es für geratener, den Brief zur Zeit ungelesen in die Tasche zu stecken. War es nun böses Gewissen oder gespannte Neugierde, genug, alle Freunde bemerkten an Hff. Unruhe und Zerstreuung, kein Gespräch hielt er fest, er lächelte gedankenlos, wenn der Professor B. die leuchtendsten Witzworte hinausschleuderte, er gab verkehrte Antworten, kurz, er war ein miserabler Kumpan. Gleich nachdem die Tafel aufgehoben, stürzte sich Hff. in die Einsamkeit einer entfernten Laube und zog den Brief hervor, der ihm in der Tasche brannte. Zwar wollte es ihn was weniges verschnupfen, sich von dem wunderlichen Kanzleiassistenten Irenäus Schnüspelpold so schnöde und gröblich behandelt, ja rücksichts seiner Autorschaft so schonungslos abgefertigt zu sehen, indessen vergaß er das im Augenblick und hätte vor Freuden in die Lüfte springen mögen, und das aus zweierlei Ursachen.

Fürs erste wollte es ihm bedünken, als wenn Schnüspelpold, alles Schimpfens und Schmälens unerachtet, den Trieb nicht unterdrücken könne, den fragmentarischen Biographen näher kennenzulernen, ihn vielleicht gar einzuweihen in die mystische Romantik seiner Pflegebefohlnen. – Ja gewiß! – sonst hätte Schnüspelpold nicht in der Verwirrung Straße und Nummer seiner Wohnung genannt bei den feierlichsten Protestationen, daß den Ort, wo er hingeflüchtet, niemand, am wenigsten aber Hff. erfahren solle. Sonst hätte die Nachfrage nach dem Damenputz nicht verraten, daß sie selbst da, das allerliebste herrliche Geheimnis. Hff. durfte ja nur hingehen zwischen neun und zehn Uhr, und im regen Leben konnte sich das gestalten, was ihm nur zugekommen wie durch träumerische Tradition. – Was für eine himmlische Aussicht für einen schreiblustigen Autor!

Dann mochte aber auch zweitens Hff. deshalb in die Lüfte springen, weil eine besondere Gunst des Schicksals ihn aus einer gräßlichen Verlegenheit reißen zu wollen schien. Versprechen macht Schulden, das ist ein altes bewährtes Sprichwort. Nun hatte aber Hff. in dem Taschenkalender von 1821 versprochen, ferneren Bericht abzustatten über den Baron Theodor von S. und über seine geheimnisvollen Verhältnisse, wenn er mehreres davon wisse. Die Zeit kommt heran, der Drucker rührt die Presse, der Zeichner spitzt den Crayon, der Kupferstecher bereitet die Kupferplatte. Hochlöbliche Kalender-Deputation fragt:»Wie steht es, mein Bester, mit Ihrem versprochenen Bericht für unsern Eintausendachthundertundzweiundzwanziger?« Und Hff. – weiß nichts, weiß gar nichts, da die Quelle versiegt, aus der ihm die »Irrungen« zuströmten. – Die letzten Tage des Mais kommen heran, Hochlöbliche Kalender-Deputation erklärt:»Bis Mitte Junius ist es noch Zeit, sonst erscheinen Sie als einer, der in den Wind hinein etwas verspricht und es dann nicht zu halten vermag.« Und Hff. weiß immer noch nichts, weiß am 25. Mai mittags um drei Uhr nichts! – Da erhält er Schnüspelpolds verhängnisvollen Brief, den Schlüssel zu der fest verschlossenen Pforte, vor der er stand, ganz hoffnungslos und höchst ärgerlich dazu. – Welcher Autor wird nicht gern einige Schmähungen erdulden, wenn ihm auf diese Weise aus der Not geholfen wird!

Ein Unglück kommt selten allein, aber auch mit dem Glück ist es so! Die Konstellation der Briefe schien eingetreten zu sein, denn als Hff. aus dem Tiergarten nach Hause kam, fand er deren zwei auf seinem Schreibtische, die beide aus dem Mecklenburgischen kamen. Der erste, den Hff. öffnete, lautete in folgender Art:

»Ew. Wohlgeboren haben mir eine wahrhafte Freude dadurch gemacht, daß Sie die Torheiten meines Neffen in dem diesjährigen Berlinischen Taschenkalender an das Tageslicht förderten. Erst vor einigen Tagen ist mir Ihre Erzählung zu Gesicht gekommen. Mein Neffe hatte den Taschenkalender auch gelesen und lamentierte und tobte entsetzlich. Kehren Sie sich aber ebensowenig daran als an etwanige Drohungen, die er wider Sie ausstoßen sollte, sondern erstatten Sie getrost den versprochnen Bericht, insofern es Ihnen gelingt, mehr von dem ferneren Treiben meines Neffen und der wahnsinnigen Prinzessin nebst ihrem geckenhaften Vormunde zu erfahren. Ich für mein Teil möchte Ihnen dazu alles mögliche suppeditieren, der Junge (mein Neffe nämlich) will indessen durchaus nicht recht mit der Sprache heraus, und beifolgende Briefe meines Neffen und des Herrn von T., der ihn beobachtet und mir darüber geschrieben hat, sind alles, was ich zu Ihrem Bericht beitragen kann. Noch einmal! – kehren Sie sich an nichts, sondern schreiben Sie – schreiben Sie! – Vielleicht sind Sie es, der meinen albernen Neffen noch zur Vernunft bringt. Mit vorzüglicher Hochachtung etc. etc.

Strelitz, den 22. Mai 1821.

Achatius v. F.«

Der zweite Brief hatte folgenden Inhalt:

»Mein Herr! Ein verräterischer Freund, der gar zu gern mein Mentor sein möchte, hat Ihnen die Abenteuer mitgeteilt, die ich vor einigen Jahren in B. erlebte, und Sie haben sich unterfangen, mich zum Helden einer ungereimten Erzählung zu machen, die Sie ein ›Fragment aus dem Leben eines Phantasten‹ genannt. – Wären Sie mehr als ein ordinärer Schriftsteller, der jeden Brocken, der ihm zugeworfen wird, begierig erhascht, hätten Sie nur einigen Sinn für die tiefe Romantik des Lebens, so würden Sie Männer, deren ganzes Sein nichts ist als hohe Poesie, von Phantasten zu unterscheiden wissen. Unbegreiflich ist es mir, wie Ihnen der Inhalt des Blattes, das ich in der verhängnisvollen Brieftasche fand, so genau bekannt geworden ist. Ich würde Sie darüber, so wie über manches andere, das Sie dem Publikum aufzutischen für gut fanden, sehr ernst befragen, wenn gewisse geheimnisvolle Beziehungen, gewisse innere Anklänge mir nicht untersagten, es mit einem schreibseligem Autor aufzunehmen. Vergessen sei daher, was Sie getan; sollten Sie aber keck genug sein, etwa von meinem gestrengen Herrn Mentor unterrichtet, ferner Berichte über mein Leben zu erstatten, so würde ich genötigt sein, eine Genugtuung von ihnen zu fordern, wie sie Männern von Ehre ziemt, insofern mich nämlich nicht die weite Reise, die ich morgen anzutreten gedenke, daran hindert. – Übrigens zeichne ich mich mit vieler Achtung etc. etc.

Strelitz, den 22. Mai 1821.

Theodor Baron von S.«

Hff. hatte herzliche Freude über den Brief des Onkels und lachte sehr über den des Neffen. Beide beschloß er zu beantworten, sobald er Schnüspelpolds und seiner schönen Pflegebefohlnen Bekanntschaft gemacht haben würde.

Sowie es nur neun Uhr geschlagen, machte sich Hff. auf den Weg nach der Friedrichsstraße. Das Herz klopfte ihm vor Erwartung des Außerordentlichen, was sich nun begeben werde, als er die Klingel des Hauses anzog, dessen Nummer eben die von Schnüspelpold bezeichnete war.

Auf die Frage, ob hier der Kanzleiassistent Schnüspelpold wohne, erwiderte das Hausmädchen, das die Türe geöffnet:»Allerdings!« und leuchtete ihm freundlich die Treppe herauf.

»Herein!« rief eine bekannte Stimme, als Hff. leise anklopfte. Doch sowie er eintrat in das Zimmer, stockten alle seine Pulse, gerann ihm zu Eis alles Blut in den Adern, hielt er kaum sich aufrecht! – Nicht jener, ihm wohl von Ansehen bekannte Schnüspelpold, sondern ein Mann im weiten Warschauer Schlafrock, ein rotes Käppchen auf dem Haupt, aus einer langen türkischen Pfeife Rauchwolken vor sich herblasend, von Gesicht, Stellung – nun! – sein eigenes Ebenbild trat ihm entgegen und fragte höflich, wen er noch so spät zu sprechen die Ehre! – Hff. faßte sich mit aller Gewalt des Geistes zusammen und stammelte mühsam, ob er das Vergnügen habe, den Herrn Kanzleiassistenten Schnüspelpold vor sich zu sehen?

»Allerdings«, erwiderte der Doppeltgänger lächelnd, indem er die Pfeife ausklopfte und in den Winkel stellte, »allerdings, der bin ich, und sehr müßte ich irren, wenn Sie nicht derjenige wären, dessen Besuch ich heute gewärtigte. – Nicht wahr, mein Herr! Sie sind –« Er nannte Hff-s Namen und Charakter ausführlich. »Gott«, sprach Hff., von Fieberfrost durchschüttelt, »Gott im Himmel, bis zu diesem Augenblick habe ich mich stets für den gehalten, den Sie soeben zu nennen beliebten, und ich vermute auch noch jetzt, daß ich es wirklich bin! – Aber, mein verehrtester Herr Schnüspelpold, es ist ein gar wankelmütiges Ding mit dem Bewußtsein der Existenz hienieden! – Sind Sie, mein Herr Schnüspelpold, denn von Grund Ihrer Seele aus überzeugt, daß Sie wirklich der Herr Schnüspelpold sind und kein anderer? Nicht etwa –« »Ha«, rief der Doppeltgänger, »ich verstehe, Sie waren auf eine andere Erscheinung gefaßt. Doch erregen ihre Bedenken auch die meinigen insofern, als ich bloße Vermutungen nicht für Gewißheit und Sie so lange nicht für denjenigen halten kann, der hier erwartet wurde, bis Sie sich durch die richtige Beantwortung einer einfachen Frage legitimiert haben. Glauben Sie, mein wertester Herr wirklich an den von der animalischen Gestaltung in der Körperwelt unabhängigen Konsensus der psychischen Kräfte in dem Bedingnis der erhöhten Tätigkeit des Zerebralsystems?«

Hff. stutzte sehr bei dieser Frage, deren Sinn er nicht zu fassen imstande, und erwiderte sie dann, von purer innerer Angst getrieben, mit einem herzhaften: »Ja!«

»Oh«, rief der Doppeltgänger voller Freude, »o mein Herr – so sind Sie denn hinlänglich legitimiert zum Empfange des Vermächtnisses einer sehr teuern Person, das ich Ihnen nun sogleich aushändigen werde.« – Damit zog der Doppeltgänger eine kleine himmelblaue Brieftasche mit goldnem Schloß, in dem jedoch das Schlüsselchen befindlich, hervor.

Hff. fühlte sein Herz erbeben, als er jene verhängnisvolle kleine himmelblaue Brieftasche erkannte, die der Baron Theodor von S. fand und wieder verlor. Mit aller Artigkeit nahm er das Kleinod dem Doppeltgänger aus der Hand und wollte sich höflichst bedanken, doch das Unheimliche des ganzen Auftritts, der scharfe leuchtende Blick seines Doppeltgängers brachte ihn plötzlich dermaßen aus aller Fassung, daß er gar nicht mehr wußte, was er tat.

Ein starkes Klingeln weckte ihn aus der Betäubung. Er war es selbst, der die Glocke gezogen an der Türe des Hauses Nr. 97. Da besann er sich erst ganz und sprach begeistert:»O welch ein herrlicher, ins Innere gepflanzter Trieb der Natur! Er führt mich in dem Augenblick, als ich mich physisch und psychisch etwas wackelicht fühle, zu meinem herzgeliebtem Freunde, dem Doktor H. M., der mir, wie er schon so oft getan, augenblicklich wieder auf die Beine helfen wird.« Hff. erzählte dem Doktor M. ausführlich, was sich soeben ein paar Häuser vorwärts oder rückwärts Schauerliches und Schreckhaftes mit ihm zugetragen, und bat wehmütig, ihm doch nur gleich ein Mittel aufzuschreiben, das den Schreck nebst allen bösen Folgen töte. Der Doktor M., sonst doch gegen Patienten ein ernster Mann, lachte aber dem bestürzten Hff. geradezu ins Gesicht und meinte, bei einem solchen Krankheitsanfall, wie ihn Hff. erlitten oder vielleicht noch erleide, sei keine andere Arzenei dienlich, als ein gewisser brausender, schäumender, in Flaschen hermetisch verschlossener Trank, aus dem sich ganz andere schmucke Geister entwickelten als Doppeltgänger, Schnüspelpolds und anderes wirres Zeug. Vorher müsse aber der Patient erklecklich essen. Damit nahm der Doktor seinen Freund Hff. beim Arm und führte ihn in ein Zimmer, wo mehrere joviale Leute, die soeben von der Whistpartie aufgestanden, versammelt waren und sich alsbald mit dem Doktor und seinem Freunde an den wohlservierten Tisch setzten. Nicht lange dauerte es auch, als der offizielle Trank, der dem Krankheitszustande Hff-s abhelfen sollte, herbeikam. Alle erklärten, daß sie auch davon genießen wollten, um dem armen Hff. Mut zu machen. *Der* schlürfte aber so, ohne den mindesten Ekel und Abscheu, mit solcher Leichtigkeit und Lebendigkeit, mit solchem Stoizismus, ja mit solcher heroischer Versicherung, der Trank schmecke leidlich, die Arzenei hinunter, daß alle übrigen sich höchlich darüber verwundenen und einstimmig dem Hff., der sichtlich muntrer wurde, ein langes Leben prophezeiten.

Merkwürdig genug war es, daß Hff. sehr ruhig schlief und nichts von allem dem träumte, was ihm am Abende Seltsames begegnet. Er mußte das der heilbringenden Wirkung zuschreiben, die des Doktors wohlschmeckende Medizin hervorgebracht. Erst im Augenblick des Erwachens durchfuhr ihn wie ein Blitz der Gedanke an die geheimnisvolle Brieftasche. Schnell sprang er auf, faßte in die

Busentasche des Fracks, den er gestern getragen, und – fand wirklich das wunderbare himmelblaue Kleinod. Man kann denken, mit welchem Gefühl Hff. die Brieftasche öffnete. Er gedachte viel geschickter zu verfahren als der Baron Theodor von S. und wohl hinter die Geheimnisse des Inhalts zu kommen. Doch war eben dieser Inhalt ein ganz anderer als damals, da der Baron Theodor von S. die Brieftasche auf einer Bank im Tiergarten unfern der Statue Apollos fand. Kein chirurgisches Messerchen, kein strohgelbes Band, keine fremdartige Blume, kein Fläschchen Rosenöl, nein, nur ganz kleine, sehr dünne, mit feiner Schrift beschriebene Blättchen und sonst nichts anders enthielt die Brieftasche, die Hff. mit der höchsten Sorglichkeit durchsuchte.

Auf dem ersten Blättchen standen italienische, von zierlicher weiblicher Hand geschriebene Verse, die im Deutschen ungefähr lauteten wie folgt:

>»Magische Bande schlingen sich durchs Leben,
> Was lose scheint, verworren, festzuhalten;
> Sie zu zerreißen ist des Dämons eitles Streben.
> Klar wird der höhren Mächte dunkles Walten,
> Entstrahlt's der Dichtung hellem Zauberspiegel,
> In Farb und Form muß alles sich gestalten.
> Nicht scheut der Magus ein hermetisch Siegel,
> Der innern Kraft will kühnlich er vertrauen,
> Ihm springen auf der Geisterpforte Riegel.
> Bist du der Magus, der mich durfte schauen?
> Schwang mir dein Geist sich nach durch Himmelsräume?
> Wolltst du in heißer Sehnsucht mich erfassen?
> Du bist's! – fest bannten mich dir süße Träume,
> Erkannt hast du mein Lieben, du mein Hassen,
> Nah war ich dir, auf ging ich deinen Blicken.
> Der Bann besteht, du kannst von mir nicht lassen,
> Dein ist mein Schmerz, dein eigen mein Entzücken,
> Du wirst *dem* Worte leihn, was ich empfunden.
> Vermag die Torheit wohl dich zu berücken?
> Fühlt sich dein Geist von schwarzer Kunst gebunden?

Hat jemals falsches Spielwerk dich betrogen?
Nein! was der Geist im Innern hat empfangen,
Darf kühn empor aus tiefem Grunde wogen,
Vor eignem Zauber fühlt kein Magus Bangen.
Weit fort von dir in heimatliche Zonen
Reißt mich die Hoffnung, glühendes Verlangen.
Ein hehr Gestirn, glanzvoll beginnt's zu thronen,
Ein teures Pfand (selbst hast du es beschrieben)
Nimm es von mir, den Augenblick zu lohnen,
Als selbst du warst mein Sehnen, warst mein Lie-
ben!
Nur flücht'ger Bilder Zeichnung wirst du finden,
Doch darf die Phantasie nicht Farbe schonen.
Was du erschaut, du magst es keck verkünden!«

Hff. las die Verse einigemal sehr aufmerksam durch, und es wollte ihm bedünken, daß sie von niemanden anders als von
Schnüspelpolds pflegebefohlner Griechin verfaßt und an niemanden anders gerichtet sein könnten als an ihn selbst. – Hätte, dachte
er, die Gute nur nicht Auf- und Unterschrift vergessen, hätte sie fein
in reiner klassischer Prosa gesprochen, statt in mystisch verschlun-
genen dunklen Versen, so würde alles klar und verständlicher geworden sein, und ich wüßte genau, woran ich wäre, aber nun – So
wie es aber geschieht, daß ein gefaßter Gedanke eben in dem Grade
immer plausibler wird, als man ihn ausarbeitet, so konnte Hff. auch
bald gar nicht mehr begreifen, wie er nur einen einzigen Augenblick
daran zweifeln mögen, daß er selbst in den artigen Versen gemeint
und das Ganze für nichts anders zu nehmen sei als das poetische
Billett, mittelst dessen ihm das himmelblaue Kleinod übersendet
worden. Nichts war gewisser, als daß die Unbekannte von dem
geistigen Verkehr, in dem Hff. mit ihr stand, als er das Fragment
aus dem Leben eines Phantasten aufschrieb, Kunde erhalten, sei es
mittelbar oder auf mystische Weise unmittelbar durch eigne Anre-
gung oder vielmehr durch den psychischen Konsensus, von dem
der Doppeltgänger gesprochen. Auf welche andere Weise konnten
nun die Verse gedeutet werden, als daß die Unbekannte jenen geistigen Verkehr amüsant genug gefunden, daß Hff. furcht- und rück-
sichtslos ihn wieder anknüpfen und daß ihm dazu als vermittelndes
Prinzip die himmelblaue Brieftasche nebst Inhalt dienen solle.

Errötend mußte Hff. sich selbst gestehen, daß er von jeher in jedes weibliche Wesen, mit dem er in solchen geistigen Umgang geraten, verliebter gewesen als recht und billig; ja, daß dieses unbillige Verliebtsein immer höher gestiegen, je länger er das Bild der Schönsten in Herz und Sinn getragen und je mehr er sich bemüht, dieses Bild mittelst der besten Worte, der elegantesten Konstruktionen, wie sie nur die deutsche Sprache darbietet, in das rege Leben treten zu lassen. Vorzüglich in Träumen fühlt Hff. sich sehr von dieser verliebten Komplexion angegriffen, und die eigentliche Seladonsnatur, die er dann annimmt, entschädigt ihn reichlich für den gänzlichen Mangel an liebeschmachtenden, idyllischen Situationen, den er schon seit geraumer Zeit im wirklichen Leben verspürt hat. Eine Frau mag es aber wohl gleichgültig ansehen, wie ein geistiges weibliches Wesen nach dem andern, in das der schriftstellerische Gemahl verliebt gewesen, geschrieben, gedruckt und dann mit behaglicher Beruhigung gestellt wird in den Bücherschrank.

Hff. las das Gedicht der Unbekannten noch einmal, immer besser gefiel es ihm, und bei den Worten:

>»Als selbst du warst mein Sehnen,
> warst mein Lieben!«

konnte er sich nicht enthalten, laut auszurufen: »O all ihr hohen Himmel und was noch drüber, hätte ich das nur gewußt, nur geahnt!« – Der Gute bedachte nicht, daß die Griechin nur lediglich die Liebe und Sehnsucht meinen konnte, die der Traum in seinem eignen Innern entzündet und die eben deshalb auch ihre Liebe und Sehnsucht zu nennen. Da aber aus ferneren Entwickelungen der Art der Gedanke des Selbst in zweideutige Konfusion geraten könnte, so ist davon abzubrechen.

Hff. war nun, da ihm das nötige Material in reichlichem Maße von zwei Seiten zugekommen, fest entschlossen, sein Versprechen zu erfüllen, und beantwortete auf der Stelle die drei erhaltenen Briefe. Er schrieb zuvörderst an Schnüspelpold:

»Mein verehrter Herr Kanzleiassistent! Unerachtet Sie, wie es der Inhalt Ihres werten, an mich gerichteten Briefes vom 25. d. M. klar und deutlich dartut, ein kleiner ungeschlachter Grobian zu sein belieben, so will ich Ihnen das doch gern verzeihen, da ein Mann, der solche schnöde Kunst treibt wie Sie, gar nicht zurechnungsfähig ist, niemanden beleidigen kann und eigentlich aus dem Lande gejagt werden sollte. – Was ich über Sie geschrieben, ist wahr, so wie alle Nachrichten über Sie, die ich in der Fortsetzung der Begebenheiten des Barons Theodor von S. dem Publikum noch mitzuteilen im Begriff stehe, wahr sein werden. Denn Ihres lächerlichen Grimms unerachtet folgt diese Fortsetzung, die ich längst versprochen und zu der mir das hohe herrliche Wesen, das sich, wie ich weiß, Ihrer aberwitzigen Vormundschaft entzogen, selbst die Materialien geliefert hat. – Was meinen kleinen Teufel auf dem Schreibtische betrifft, so ist er mir viel zu sehr ergeben und fürchtet auch zu sehr meine Macht über ihn, als daß er Ihnen nicht lieber die Nase abbeißen oder die großen Augen auskratzen, als sich dazu verstehn sollte, Ihnen seine Kleider zu borgen, um mich zu necken. Sollten Sie, mein Herr Kanzleiassistent, doch keck genug sein, sich auf meinem Schreibtisch sehen zu lassen oder gar ins Tintenfaß zu springen, so sein Sie überzeugt, daß Sie so lange nicht wieder herauskommen werden, als noch ein Fünkchen Leben in Ihnen ist. Solche Leute wie Sie, mein Herr Kanzleiassistent, fürchtet man ganz und gar nicht und trügen sie auch noch so lange Haarzöpfe. Mit Achtung etc.«

An den Baron Achatius von F.

»Ew. Hoch- und Wohlgeb. danke ich auf das verbindlichste für die mir gütigst mitgeteilte, Ihren Herrn Neffen, den H. Baron Theodor von S. betreffende Notizen. Ich werde davon den gewünschten Gebrauch machen und will hoffen, daß die von Ew. Hoch- und Wohlgeb. davon erwartete heilbringende Wirkung in der Tat erfolgen möge. Mit der vorzüglichsten Hochachtung«

An den Baron Theodor von S.

»Mein Herr Baron! Ihr Schreiben vom 22. d. M. ist in der Tat so höchst wunderseltsam, daß ich, indem es mir Lächeln abnötigte, es ein paarmal durchlesen mußte, um klar darüber zu werden, was Sie wollen. Was *ich* dagegen will, weiß ich sehr bestimmt, nämlich Ihre ferneren Begebenheiten, insofern sie sich auf das wunderbare Wesen beziehen, mit dem der Ungeschick des Zufalls Sie in Berührung brachte, aufschreiben und einrücken lassen in den Berliner Taschenkalender für das künftige Jahr. Erfahren Sie, daß sie selbst, die Schönste, mich dazu angeregt und selbst die dazu nötigen Nachrichten mitgeteilt hat. Erfahren Sie, daß *ich* mich jetzt im Besitz der himmelblauen Brieftasche und ihrer Geheimnisse befinde! – Wahrscheinlich werden Sie, mein Herr Baron, nichts mehr gegen mein Vorhaben einzuwenden haben. Sollte dies doch der Fall sein, so bin ich entschlossen, auch nicht die mindeste Rücksicht darauf zu nehmen, da mir das Gebot der holden Unbekannten mehr als alles gilt, sowie Ihnen in jeder Art Rede zu stehen. Übrigens zeichne ich mich mit vieler Achtung etc. etc.«

Sprach Hff. in diesem letzten Schreiben von den Geheimnissen der himmelblauen Brieftasche, so meinte er allerdings das Messerchen, das magische Band etc., und es war ihm in dem Augenblick, als habe er sie wirklich gefunden. Lügen wollte er nicht, auch ebensowenig dem Baron Theodor von S. vielleicht einigen Respekt einflößen für den Besitzer magischen Werkzeuges.

Sowie nun die drei Briefe in fröhlichem Mute weggesendet waren nach der Friedrichsstraße und nach der Post, machte sich Hff. über die Blättlein her, die er von verschiedenen, zum Teil ziemlich unleserlichen Händen beschrieben fand. Er ordnete diese Blättlein, verglich sie mit den ihm von dem Baron Achatius von F. mitgeteilten Notizen und brachte beides, Blättlein und Notizen, soviel möglich in Zusammenhang. Folgendes mag als Resultat dieser Bemühungen gelten.

Erstes Blättlein

Auf diesem Blättlein stehen einige italienische Zeilen, die offenbar von derselben Hand geschrieben sind, die die erst erwähnten Verse aufgezeichnet hat, mithin der Besitzerin der Brieftasche angehören. Die Worte scheinen sich auf jenes wunderliche Ereignis in Schnüspelpolds Wohnung zu beziehen, das beim Schlusse des Fragments erzählt wurde, billig geht also dieses Blättlein voran dem Reihen der übrigen.

Die Zeilen lauten wie folgt:

»Hinweg mit allem Vertrauen, mit aller Hoffnung! – O Chariton, meine geliebte Chariton, welch ein schwarzer Abgrund dämonischer Tücke und Arglist stand heute plötzlich offen vor meinen Augen! – Mein Magus, er ist ein Verräter, ein Bösewicht, nicht der, dem die Prophezeiung der guten Mutter galt, nicht der, für den er sich geschickt auszugeben und uns alle zu täuschen wußte. Dank der weisen Alten, die ihn durchschaute, mich warnte, kurz ehe wir Patras verließen, mich selbst den Talisman kennen lehrte, dessen Besitz mir die Gunst höherer Mächte vergönnte und dessen wunderbare Kraft mir unbekannt geblieben. Was wäre aus mir geworden, wenn dieser Talisman mir nicht Gewalt gäbe über den Kleinen und oft zum Schilde diente, an dem alle seine heimtückisch geführten Streiche abprallen! – Ich hatte mit meiner Maria den gewöhnlichen Spaziergang gemacht. Ach! – ich hoffte ihn zu sehen, der meine Brust entzündet in glühender Sehnsucht! – Wie ist er dann verschwunden auf unbegreifliche Weise? Hat er denn mich nicht erkannt? Sprach mein Geist vergebens zu ihm? Hat er nicht die Worte gelesen, die ich mit magischem Messer einschnitt in den geheimnisvollen Baum? – Als ich zurückkehrte in mein Zimmer, vernahm ich ein leises Ächzen hinter den Vorhängen meines Bettes. Ich wußte, was geschehen, und mochte, gutmütig genug, den Kleinen nicht heraustreiben aus dem Bette, weil er morgens über Kolik geklagt. Nicht lange dauerte es, als ich, da ich in ein anderes Zimmer getreten, ein Geräusch und dann ein lautes Gespräch vernahm, in das der Magus mit einem Fremden geraten schien. Dazwischen lärmte und schrie Apokatastos so gewaltig, daß ich wohl ahnen konnte, es müßte Besonderes vorgehen, wiewohl mein Ring ruhig blieb. Ich öffnete die Türe – o Chariton! – Er selbst – Theodor stand mir vor Augen. – Mein Magus hüllte sich ein in die Bettdecke, ich wußte, daß in diesem Augenblick ihm alle Kraft gebrochen. Mir bebte das Herz vor Entzücken! – Seltsam hätte es vorkommen müssen, daß Theodor, im Begriff, mir entgegenzueilen, auf ungeschickte Weise hinstürzte und dann sich gar possierlich gebärdete. Es kamen mir Zweifel, aber indem ich den Jüngling betrachtete, war es mir, als sei er, wenn auch nicht Teodoros Capitanaki selbst, so doch der aus griechischem fürstlichen Stamm Entsprossene, der bestimmt, mich zu befreien und dann Höheres zu beginnen. Die Stunde schien gekommen, ich forderte ihn auf, das Werk zu beginnen, da schien ihn ein Schauer anzuwandeln. Doch erholte er sich und erzählte von seiner Herkunft. O Wonne, o Freude! ich hatte mich nicht getäuscht, ich durfte kein Bedenken tragen, ihn zu fassen in meine Arme, ihm zu sagen, daß es an der Zeit, seine Bestimmung zu erfüllen, daß kein Opfer gescheut werden müsse. Da – o all ihr Heiligen! da wurden des Jünglings Wangen immer blässer und blässer, seine Nase spitzer und spitzer, seine Augen starrer und starrer! – Sein Leib, schon dünn genug, schrumpfte immer mehr zusammen! – Mir war's, als würfe er keinen Schatten mehr! Gräßliches Trugbild! Vernichten wollte ich die dämonische Täuschung, ich zog mein Messer, aber mit Blitzschnelle war der Wechselbalg verschwunden! – Apokatastos schnatterte, pfiff und lachte hämisch, der Magus sprang aus dem Bette, wollte fort durch die Türe, indem er unaufhörlich schrie: ›Braut – Braut!‹ aber ich faßte ihn, schlang das Band um seinen Hals. Er stürzte nieder und bat in den kläglichsten Jammertönen um Schonung. ›Gregoros Seleskeh‹, rief Apokatastos, ›du bist verlesen, du verdienst kein Erbarmen!‹ ›Ach Gott!‹ schrie der Magus, ›was Seleskeh, ich bin ja nur der Kanzleiassistent Schnüspelpold aus Brandenburg!‹ – Bei diesen furchtbaren Zaubernamen – Kanzleiassistent – Schnüspelpold – Brandenburg ergriff mich tiefes Entsetzen, ich fühlte, daß ich noch in den Ketten des dämonischen Alten! – Ich wankte fort aus dem Zimmer. – Weine, klage mit mir, o meine geliebte Chariton! – Nur zu klar ist es mir, daß das Trugbild, was der Magus mir unterschieben wollte, sich schon früher als schwarzer Hasenfuß im Tiergarten zeigte, daß *ihm* der Magus die himmelblaue Brieftasche in die Hände spielte, daß – Ihr ewigen Mächte, soll ich Raum geben meinem furchtbaren Argwohn? – bringe ich mir die ganze Gestalt des jungen Menschen im letzten Augenblick vor Augen – es lag etwas, wie aus Kork Geformtes darin. – Mein Magus ist erfahren in aller kabbalistischer Wissenschaft des Orients, nichts als ein von ihm aus Kork geschnitzter Teraphim ist vielleicht dieser angebliche Teodoros, der nur periodisch zu leben vermag. Daher kam es, daß, als mein Magus mich verlockt hatte hieher, unter dem Versprechen, mich meinem Teodoros in die Arme zu führen, der Zauber deshalb mißlang, weil der Teraphim, den ich zur Nachtzeit höchst erbärmlich auf dem Sofa liegend im Wirtshause fand, gerade aller ihm künstlich hineinoperierten Sinne beraubt war. Mein Talisman wirkte, ich erkannte augenblicklich den schwarzen Hasenfuß und zwang ihn, mir selbst, wie es die Konstellation nun einmal wollte, die himmelblaue Brieftasche in die Hände zurückzugeben. – Bald muß sich alles aufklären.«

Diesen Zeilen ist aus den Notizen des Barons Achatius von F. noch manches hinzuzufügen.

»Wo bleibt«, fragte Frau von G., die elegante Wirtin eines noch eleganteren Tees, »wo bleibt unser lieber Baron? Es ist ein herrlicher Jüngling, voller Verstand, hinreißender Bildung und dabei von einer Phantasie und einem seltnen Geschmack im Anzuge, daß ich ihn schmerzlich vermisse in meinem Zirkel.«

In dem Augenblick trat der Baron Theodor von S., der eben gemeint, hinein in den Saal, und ein leises »Ah!« flüsterte durch die Reihe der Damen.

Man bemerkte indessen bald eine gänzliche Änderung in des Barons ganzem Wesen. Fürs erste fiel allgemein die Nachlässigkeit im Anzuge auf, die beinahe die Grenzen des Anstandes überschritt. Der Baron hatte nämlich den Frack, ein Intervall der Knöpfe überspringend, schief zugeknöpft, die Brustnadel saß um zwei Finger breit zu tief auf dem Jabot, so wie die Lorgnette wenigstens anderthalb Zoll zu hoch hing; was aber durchaus unverzeihlich schien, der Lockenwurf des Haars war durchaus nicht dem ästhetischen Prinzip gemäß, vielmehr nach der Richtung, wie es auf dem Haupte gewachsen, aufgekämmt. Die Damen schauten den Baron ganz verwundert an, die Elegants würdigten ihn aber keines Wortes, keines Blickes. Das erbarmte endlich den Grafen von E. Er führte geschwinde den Baron in ein anderes entlegenes Zimmer, machte ihn auf die groben Verstöße in der Kleidung, die ihn um allen guten Ruf hätten bringen können, aufmerksam und half alles besser ordnen, indem er selbst mittelst eines Taschenkamms sinnreich und geschickt den Dienst des Haarkräuslers versah.

Als der Baron wieder in den Saal trat, lächelten ihn die Damen wohlgefällig an, die Elegants drückten ihm die Hände, die ganze Gesellschaft war erheitert.

Zuerst wußte der Graf von E. gar nicht, was er aus dem Baron machen sollte. So schonend als möglich hatte er ihn die begangenen Verstöße merken lassen, damit ihn Schreck und Verzweiflung nicht zerschmettern solle, aber ganz gleichgültig, stumm und starr war er geblieben. Nun wußte aber bald die ganze Gesellschaft nicht, wie sie mit dem Baron beraten, denn ebenso gleichgültig, stumm und starr setzte er sich hin und gab auf alle Fragen der tee- und wortreichen Wirtin verkehrte lakonische Antworten. Man schüttelte unmutig den Kopf, nur sechs Fräuleins sahen verschämt errötend vor sich nieder, weil jede glaubte, der Baron sei in sie verliebt und deshalb so zerstreut und unordentlich im Anzuge. Hatten selbige Fräuleins wohl den Shakespeare, und zwar: »Wie es euch gefällt«, gelesen? (Dritter Aufzug, Zweite Szene.)

Eben war, nachdem man die Vortrefflichkeiten und Herrlichkeiten eines neuen aberwitzigen Balletts gehörig entwickelt und gerühmt, eine Stille entstanden, als der Baron, wie plötzlich aus einem tiefen Traum erwachend, laut rief. »Pulver – Pulver in die Ohren gestreut und dann angezündet – es ist fürchterlich – schrecklich – barbarisch!«

Man kann denken, wie alle ganz betroffen den Baron anschauten. »O sagen Sie«, sprach die Wirtin, »o sagen Sie, bester Baron! gewiß hat irgend etwas Ihre tiefste Phantasie aufgeregt, Ihre Brust ist zerrissen, Ihr ganzes Innres verstört? – Was ist es, sprechen Sie! Oh, es wird gewiß etwas höchst Interessantes sein?« – Der Baron war hinlänglich wach geworden, um zu fühlen, daß er wirklich selbst in diesem Augenblick höchst interessant sich gebärden könne. Er hob daher die Augen gen Himmel, legte die Hand auf die Brust und sprach mit bewegter Stimme: »O Gnädige! Lassen Sie mich das fürchterliche Geheimnis tief in meiner Brust bewahren, das keine Worte kennet, sondern nur den todbringenden Schmerz!« – Alle mußten erbeben vor diesen sublimen Worten, nur der Professor L. lächelte sarkastisch und – Doch sei es dem Autor erlaubt, bei Gelegenheit des Professors einige Worte einzuschalten über die sinnreiche Organisation unserer Tees, wie sie wenigstens in der Regel stattfindet. Der bunte Flor schön geputzter artiger Fräuleins und schwalbgeschweifter schwarzer oder blauer Jünglinge ist gewöhnlich durchschossen mit zwei oder drei Dichtern und Gelehrten, und so mag die physische Mischung des Zirkels verglichen werden mit der physischen Mischung des Tees.

Die Sache kommt so zu stehen:

1. Tee, die hübschen artigen Frauen und Fräuleins als Grundbasis und begeisterndes Aroma des Ganzen.

2. Laues Wasser (es kocht selten recht), die schwalbgeschweiften Jünglinge.

3. Zucker, die Dichter

4. Rum, die Gelehrten

wie sie nämlich sich gestalten müssen, um für den Tee brauchbar zu erscheinen.

Für Zwieback, Pumpernickelschnitte, kurz, für alles, was nur von wenigen gelegentlich zugebissen wird, können die Leute gelten, die von den letzten Avisen sprechen, von dem Kinde, das nachmittags in der und der Straße zum Fenster hinausgestürzt, von dem letzten Feuer, und wie die Schlauchspritzen gute Dienste getan, die ihre Rede gewöhnlich mit: »Wissen Sie schon?« anfangen und sich bald entfernen, um im sechsten Zimmer heimlich einen Zigarro zu rauchen.

Also der Professor L. lächelte sarkastisch und meinte, daß der Baron heute vorzüglich frisch aussähe trotz des todbringenden Schmerzes im Innern.

Der Baron, ohne auf das zu merken, was der Professor gesprochen, versicherte, daß ihm heute nichts Angenehmeres geschehen könne, als auf einen mit historischer Kenntnis so reich ausgestatteten Mann zu treffen, als der Herr Professor es sei.

Dann fragte er sehr begierig, ob es denn wahr, daß die Türken im Kriege ihre Gefangenen auf die grausamste Weise ums Leben brächten, und ob dies nicht gegen das Völkerrecht merklich anstoße. Der Professor meinte, daß es so gen Asien zu mit dem Völkerrecht immer mißlicher werde und daß es sogar schon in Konstantinopel versteckte Leute gebe, die kein Naturrecht statuieren wollten. Was nun das Umbringen der Gefangenen betreffe, so wäre das, wie der Krieg überhaupt, schwer unter ein Rechtsprinzip zu bringen und dies daher dem alten Hugo Grotius in seinem Taschenbüchelchen: »De jure belli et pacis« betitelt, blutsauer geworden. Man könne daher in dieser Hinsicht nicht sowohl von dem, was recht, als von dem sprechen, was schön und nützlich. Schön sei jenes Abtun der wehrlosen Gefangenen nicht, aber oft nützlich. Selbst von diesem Nutzen hätten aber die Türken in neuester Zeit nicht profitieren wollen, mit verschwenderischer Bonhomie Pardon gegeben und sich großmütig mit Ohrabschneiden begnügt. Fälle gebe es aber allerdings, in denen nicht allein alle Gefangenen gegenseitig umgebracht, sondern auch alle unmenschliche viehische Grausamkeiten ausgeübt werden würden, die jemals die sinnreichste Barbarei erfunden. Zum Beispiel würde dies ganz gewiß, ja ganz vorzüglich stattfinden, wenn es jemals den Griechen einfallen solle, mit Gewalt das Joch abzuschütteln, unter dem sie schmachten. Der Professor begann nun, mit dem Reichtum seiner historischen Kenntnisse im kleinsten Detail prahlend, von den Martern zu sprechen, die im Orient üblich. Er begann mit dem geringen Ohr- und Nasabschneiden, berührte flüchtig das Augenausreißen oder -ausbrennen, ließ sich näher aus über die verschiedenen Arten des Spießens, gedachte rühmlichst des humanen Dschingiskhan, der die Leute zwischen zwei Bretter binden und durchsägen ließ, und wollte eben zum langsamen Braten und In-Öl-Sieden übergehen, als plötzlich zu seiner Verwunderung der Baron Theodor von S. mit zwei Sprüngen hinaus war durch die Türe.

Unter den von dem Baron Achatius von F. übersendeten Papieren befindet sich ein kleiner Zettel, worauf von des Barons Theodor von S. Hand die Worte stehen:

»O himmlisches süßes holdes Wesen! welche Qualen hat der Tod, hat die Hölle, die ich siegender Held nicht um dich ertragen sollte! Nein, du mußt mein werden, und drohte mir auch der martervollste Untergang! – O Natur, süße grausame Natur, warum hast du nicht allein meinen Geist, sondern auch meinen Leib so zart, so empfindlich geschaffen, daß mich jeder Flohstich schmerzt! Warum, ach, warum kann ich, ohne ohnmächtig zu werden, kein Blut sehen, am wenigsten das meinige!«

Zweites Blättlein

Auf diesem stehen aphoristische Bemerkungen über des Barons Theodor von S. Tun und Treiben, die von irgend jemanden, der ihn genau beobachtete, aufgeschrieben und zur Mitteilung an Schnüspelpold bestimmt zu sein scheinen. Die Hand ist fremdartig und oft schwer zu entziffern. In bessern Zusammenhang gebracht, ist folgendes daraus zu berichten. – Jener Abend bei Frau von G. hatte, unerachtet die anfängliche allgemeine Äußerung des Mißfallens unheilbringend geschienen, doch für den Baron die ersprießlichsten Folgen. Ein besonderer Glanz umfloß ihn, und er kam mehr in die Mode als jemals. Er blieb in sich gekehrt, zerstreut, führte verwirrte Reden, seufzte, starrte die Leute gedankenlos an, ja, er wagte sogar einigemal das Halstuch nachlässig zu knüpfen und im flachsfarbnen Oberrock zu erscheinen, den er sich, da ihm Farbe und Form solcher Kleidung am besten zu stehn schienen, ausdrücklich hatte machen lassen, der interessanten Unschicklichkeit halber. Man fand das alles allerliebst zum Entzücken. Jede, jeder haschte nach dem Augenblick, ihn unter vier Augen auszufragen über sein vorgebliches Geheimnis, und es war etwas mehr dahinter als bloße Neugierde. Manches junge Mädchen fragte, in der Überzeugung, daß nichts anders als das Geständnis seiner Liebe über des Barons Lippen fließen könne. Andere, die diese Überzeugung nicht hatten, drangen deshalb in den Baron, weil sie wohl wußten, daß ein Mann, der einem jungen Frauenzimmer irgendein Geheimnis entdeckt, und sollte es auch ein sorglich zu verschweigender Liebesbund mit einer andern sein, wenigstens einen Teil seines Herzens mit wegschenkt und daß die Vertraute gewöhnlich den Teil, der für die Glückliche übriggeblieben, nach und nach in Anspruch nimmt und wirklich gewinnt. Alte Damen wollten das Geheimnis wissen, um nachher die gebietende Herrin zu spielen, junge Männer aber, weil sie gar nicht begreifen konnten, wie dem Baron, und nicht ihnen, das Außerordentliche begegnet, und weil sie gern wissen wollten, wie es anzufangen, um ebenso interessant zu erscheinen als er. – Jede Mitteilung dessen, was sich in Schnüspelpolds Wohnung an jenem Tage begeben, war natürlicherweise unmöglich. Der Baron mußte schweigen, weil er nichts zu entdecken hatte, und ebendaher kam es, daß er bald sich selbst einbildete, er trüge ein Geheimnis in sich, das ihm selbst ein Geheimnis. Andre Leute von etwas melancholischem Temperament hätte solch ein Gedanke zum Wahnsinn treiben können, der Baron befand sich aber sehr wohl dabei, ja, er vergaß darüber das eigentliche nicht mitteilbare Geheimnis und Schnüspelpold und die schöne Griechin dazu. In dieser Zeit gelang es denn auch den Künsten der kokettierenden Amalie Simson, den Baron wieder an sich zu ziehen. Sein Hauptgeschäft war, schlechte Verse zu drechseln, noch schlechtere Musik dazu zu machen und die miserablen Erzeugnisse seiner versteckten Muse der Bankierstochter vorzuplärren. Er wurde bewundert und war daher im Himmel. Das sollte aber nicht lange dauern.

Eines Abends, als er, aus einer Abendgesellschaft, die eben bei dem Bankier Nathanael Simson stattgefunden, spät in der Nacht zurückgekehrt, sich entkleiden ließ, faßte er in die Brusttasche des Fracks, um die Börse herauszunehmen. Mit der Börse zog er aber ein kleines Zettelchen hervor, auf dem die Worte standen:

»Unglückseliger, Verblendeter! Kannst Du so leicht die vergessen, die Dein Leben, Dein alles sein sollte, mit der Dich höhere Mächte verbanden zum höheren Sein?«

Ein elektrischer Schlag durchfuhr sein Innres. – Keine andere als die Griechin hatte diese Worte geschrieben. Das Himmelsbild stand ihm vor Augen, er lag in den Armen der Schönsten, er fühlte ihre Küsse auf seinen Lippen brennen! – »Ha«, rief er begeistert aus, »sie liebt mich, sie kann mich nicht lassen! Verschwinde, schnöder Trug! Geh zurück in dein Nichts, kecke Bankierstochter! Hin zu ihr, der Göttlichen, der hohen, hehren – hin zu ihren Füßen zu stürzen und Verzeihung zu erringen!«

Der Baron wollte fort, der Kammerdiener erinnerte dagegen, ob es nicht besser sein würde, schlafen zu gehen, der Baron packte ihn aber bei der Gurgel, flammte ihn an mit gräßlichem Blick und sprach:»Verräter, was sprichst du von Schlaf, wenn ein ganzer Ätna von Liebesglut im Innern aufgelodert?« – Darauf küßte er, während ihn der Kammerdiener vollends auskleidete, unter allerlei verwirrten unverständigen Redensarten noch einigemal den Zettel, der, er wußte wahrlich nicht wie, in seine Rocktasche gekommen, legte sich ins Bette und verfiel bald in süßen Schlummer.

Man kann denken, mit welcher Hast er andern Morgens, nachdem er sich auf das schönste und geschmackvollste angekleidet, nach der Friedrichsstraße rannte. Hoch klopfte ihm das Herz vor Entzücken, aber noch höher vor innerer Angst und Beklommenheit, als er die Klingelschnur des Hauses fassen wollte. Wenn nur nicht die verdammten Zumutungen wären! So dachte er und zögerte länger und länger vor der Türe, in schwerem Kampf mit sich selbst begriffen, bis er am Ende in einer Art verzweifelten Mutes die Klingel stark anzog.

Man öffnete, leise schlich er die Treppe herauf, lauschte an der wohlbekannten Türe. Da sprach drinnen eine gellende schnatternde Stimme:

»Der Heerführer kommt gewappnet und gerüstet, mit dem Schwert in der Hand, und wird vollbringen, was du gebeutst. Will dich aber ein mutloser Schwächling täuschen, so stoße ihm dein Messer in die Brust.«

Der Baron drehte sich sehr geschwind um, sprang ebenso schnell die Treppe herab und lief, was er konnte, die Friedrichsstraße herab.

Unter den Linden hatte sich ein Haufe Menschen gesammelt, die einem jungen Husarenoffizier zuschauten, der sein wildgewordenes Pferd nicht bändigen zu können schien. Das Pferd sprang, bäumte sich so, daß es jeden Augenblick überzuschlagen drohte. Es war graulich anzusehn. Aber fest, wie angeschmiedet, saß der Offizier, zwang endlich das Pferd zu zierlichen Kurbetten und ritt dann im kurzen Trabe davon.

Ein lautes freudiges: »Ha, welch ein Mut, welche Besonnenheit – o herrlich!«, das aus dem Fenster des ersten Stocks eines Hauses zu kommen schien, zog des Barons Blick in die Höhe, und er gewahrte ein bildschönes Mädchen, die, ganz errötet vor Angst, Tränen im Auge, dem kühnen Reiter nachblickte.

»In der Tat«, sprach der Baron zu dem Rittmeister von B., der sich indessen zu ihm gesellt hatte, »das ist ein kühner mutiger Reiter, die Gefahr war groß.«

»Nichts weniger als das«, erwiderte der Rittmeister lächelnd, »nur gewöhnliche Reiterkünste hat der Herr Lieutenant hier produziert. Sein schönes, kluges Pferd ist zugleich eines der frömmsten, die ich kenne, aber dabei ein vortrefflicher Komödiant, der einzugreifen weiß in das Spiel des Herrn. Die ganze Komödie wurde aufgeführt, um jenem hübschen Mädchen dort Angst einzujagen, die sich auflöst in süße Bewunderung des herrlichen kühnen Pferdebändigers, dem dann forthin ein Tanz und – auch wohl ein verstohlner Kuß nicht abgeschlagen wird.« Der Baron erkundigte sich angelegentlichst, ob es wohl schwer sei, dergleichen Künste zu erlernen, und gestand, als der Rittmeister versicherte, daß der Baron, da er schon sonst ganz passabel reite, sehr bald solches Spiels mächtig werden würde, wie ganz besondere geheimnisvolle Verbindungen ihm es wünschenswert machten, einer gewissen Dame ebenso zu erscheinen, wie der Husarenlieutenant jenem Mädchen. Der Rittmeister, den Schalk im Innern, bot sich selbst zum Lehrer und eins seiner Pferde, das sich auch recht gut auf solches Spiel verstehe, zur Ausführung des Plans an.

Es ist zu merken, daß jener Auftritt in dem Baron die Idee erweckt hatte, sich der Griechin auf eine ganz gefahrlose Weise als einen mutigen Mann zu zeigen, damit sie nur nicht mehr nach seinem Mut frage, das übrige nebst den chimärischen Plänen, wegen Befreiung der miserablen Griechen, werde (so meinte er) dann wohl nach und nach in Vergessenheit geraten.

Die Studien des Barons waren vollendet, selbst auf der Straße hatte er schon gelungene Versuche gemacht, in Gegenwart des Rittmeisters. Da ritt er eines Morgens oder vielmehr Mittags, wenn die Straßen am lebendigsten sind, durch die Friedrichsstraße. – O Himmel! die Griechin stand am Fenster, Schnüspelpold neben ihr. Der Baron begann seine Künste, aber sei es nun, daß er sich übernahm in dem Augenblick der Begeisterung oder daß das Pferd gerade nicht aufgelegt war zu solcher Spielerei, genug – ehe er sich's versah, flog der Baron herab aufs Straßenpflaster, und ruhig blieb das Roß stehen, drehte seitwärts den Kopf und schaute den Gefallnen an mit klugen Augen. Die Leute sprangen herbei, um den Baron, der in tiefer Ohnmacht dalag, aufzuheben und ins Haus zu tragen. Ein alter Regimentschirurgus, der eben vorüberging, drängte sich aber durchs Volk, schaute dem Baron ins Gesicht, faßte seinen Puls, befühlte ihn am ganzen Leibe und brach dann los: »Alle tausend Elemente, mein Herr! was treiben Sie für Narrenstreiche, Sie sind ja gar nicht ohnmächtig, Ihnen fehlt ja nicht das allermindeste, setzen Sie sich doch nur wieder getrost auf!« – Wütend riß sich der Baron von den Leuten los, schwang sich aufs Pferd und ritt davon unter dem schallenden Hohngelächter des versammelten Volks, begleitet von munteren Straßenbuben, die jauchzend neben ihm her Kurier liefen. – Durchaus hatte es dem Baron nicht gelingen wollen, sich der Angebeteten als ein kühner, mutiger Mann zu zeigen, selbst das letzte Mittel, das die Verzweiflung ihm eingab, die verstellte Ohnmacht nämlich, schlug fehl durch die heillose Dazwischenkunft des geraden, keine Schonung kennenden Chirurgus.

Soweit das Blättlein. In den Notizen des Barons Achatius von F. hat sich nichts gefunden, was mit dem Vorhergehenden in Verbindung zu bringen gewesen wäre.

Drittes Blättlein

Vier Blättlein können hier schicklich zusammengezogen werden in eines, da sie die fortlaufende Erzählung eines und desselben Ereignisses enthalten. Die Schrift scheint von dem Kanzleiassistenten Schnüspelpold selbst herzurühren.

Der Baron Theodor von S. schlief in der trüben regnichten Bartholomäusnacht so erstaunlich fest, daß ihn selbst das Geheul des Sturmwindes, das Klappern und Klirren des aufgesprungenen Fensterflügels nicht zu wecken vermochte. Plötzlich fing er aber an, die Nase zu ziehen, als verspüre er irgendeinen Geruch. Dann lispelte er kaum vernehmlich: »Oh, mir gib diese schönen Blumen, du meine süße Liebe!« und schlug die Augen auf. Grenzenlos schien sein Erstaunen, als er das Zimmer blendend erleuchtet, dicht vor Augen aber einen großen duftenden Blumenstrauß erblickte. Dieser Blumenstrauß war aber an dem Rock befestigt, den ein alter Mann angezogen, welchen ein verleumderischer Schriftsteller als verwachsen, krummbeinicht, grotesk in seinem ganzen Wesen geschildert hat. Gut ist es aber, daß besagter Schriftsteller den Mann hat zeichnen lassen und daß die Zeichnung zum Sprechen ähnlich geraten ist. Jeder kann sich daher überzeugen, daß jene Schilderung gänzlich gegen die Wahrheit anstößt. »Um tausend Gottes willen«, rief der Baron ganz erschrocken, »Herr Kanzleiassistent Schnüspelpold, wo kommen Sie hierher zu dieser Stunde?«

»Erlauben Sie«, sprach Schnüspelpold, nachdem er den Fensterflügel befestigt und sich niedergelassen hatte auf den Lehnsessel, den er dicht ans Bette gerückt, »erlauben Sie, verehrtester Herr Baron, daß ich Ihnen meinen Besuch abstatte. Zwar ist die Stunde ungewöhnlich, indessen gerade die einzige, in der ich mich, ohne Aufsehn zu erregen, zu Ihnen begeben konnte, um Sie in Geheimnisse einzuweihen, von denen Ihr Liebesglück abhängt.«

»Sprechen Sie«, erwiderte der Baron, der sich jetzt erst ganz ermuntert, »sprechen Sie, bester Schnüspelpold, vielleicht gelingt es Ihnen, mich aus der schrecklichen Trostlosigkeit zu reißen, in der ich mich befinde. O Schnüspelpold!«

»Ich weiß«, fuhr Schnüspelpold fort, »ich weiß, wertester Herr Baron, was Sie sagen wollen, und will nicht verhehlen, daß gewisse alberne Streiche, zum Beispiel der Sturz vom Pferde –«

»Oh! oh! oh!« seufzte der Baron und verbarg sich in die Kopfkissen.

»Nun, nun«, sprach Schnüspelpold weiter, »ich will diese mißtönende Saite nicht weiter berühren, sondern nur im allgemeinen bemerken, daß Ihr ganzes Betragen und Treiben, wertester Baron, von dem Augenblick an, als Sie mein Mündel geschaut und sich in sie verliebt hatten, von der Art war, daß alle meine Bemühungen, Ihre Verbindung mit der Schönsten zustande zu bringen, scheitern mußten. Besser ist es daher, Sie mit dem, was zu tun, vertrauter zu machen, dies setzt aber voraus, daß ich Ihnen über meine und meines Mündels Verhältnisse mehr sage, als es gewisser Konstellationen halber eigentlich ratsam sein dürfte. Vernehmen Sie also! – Ich fange, wie die Klugheit jedem in allen Verhältnissen des Lebens gebeut, von mir selbst an. Alle Leute, denen ich in die Nähe komme, sprechen, ich sei ein kurioser Mann, mit dem es nicht recht richtig, ohne daß diese Leute selbst wissen, was sie damit meinen. Allen exzentrischen Männern, das heißt solchen, die aus dem enge gezogenen Kreise des gewöhnlichen Treibens hinausspringen, denen die abgeschlossene Wissenschaft nicht genügt, die Stoff und Nahrung höherer Weisheit nicht in Büchern, sondern die Propheten selbst aufsuchen in fernen Landen, geht es aber so, und auch mir. Erfahren Sie, bester Herr Baron – aber Sie schlafen!« – »Nein, nein«, wimmerte der Baron unter dem Kissen hervor, »ich kann mich nur noch nicht ganz von dem unglückseligen Sturz erholen, erzählt nur, Schnüspelpoldchen!«

»Erfahren Sie also«, fuhr Schnüspelpold fort, »daß ich, nachdem ich Kanzleiassistent geworden, mich mit Macht hingezogen fühlte zu der Wissenschaft aller Wissenschaften, die nur ein flacher abgestumpfter Zeitgeist verworfen, nur ein unwissender Tor für dummes abgeschmacktes Zeug erklären kann. Ich meine die göttliche Kabbala! – Ihnen mehr von dieser Wissenschaft und von der Art zu sagen, wie es mir gelang, einzudringen in ihre Tiefen, das verlohnt nicht der Mühe, da Sie den Teufel was davon verstehen und vor schnöder unweiser Langeweile bald fest einschlafen würden. Es genügt zu sagen, daß ein Kabbalist unmöglich auf die Dauer mit Mut und Liebe Kanzleiassistent bleiben kann. Es war die heilige, göttliche Kabbala, die mich forttrieb aus der Kanzelei, forttrieb aus dem lieben Brandenburg in ferne Länder, wo ich die Propheten fand, die mich annahmen als wißbegierigen gelehrigen Schüler. – Man muß die Asche der Väter ehren! – Mein Vater, der Knopfmacher Schnüspelpold, war ein ziemlicher Kabbalist, und die Frucht vieljähriger Bemühungen ein Talisman, den ich aus meines Vaters Erbschaft mitnahm auf meiner Reise und der mir gute Dienste geleistet hat. Es besteht dieser Talisman in einem ziemlich gearbeiteten Hosenknopf, den man auf der Herzgrube tragen muß, und – Doch Sie hören mich nicht, Baron?« – »Allerdings«, sprach der Baron noch immer in den Kissen, »aber Ihr erzählt entsetzlich weitläuftig, Schnüspelpold, und noch habt Ihr gar nichts vorgebracht, was mich trösten könnte.«

Das würde schon kommen, versicherte Schnüspelpold und fuhr dann weiter fort:

»Ich durchreiste die Türkei, Griechenland, Arabien, Ägypten und andere Länder, wo sich den Kundigen die Schachten tiefer Weisheit öffnen, und kehrte endlich, nachdem ich dreihundertunddreiunddreißig Jahre auf der Reise zugebracht, nach Patras zurück. Es begab sich, daß ich in der Gegend von Patras bei einem Hause vorüberging, welches, wie ich wußte, von einem aus fürstlichem Stamm entsprossenen Griechen bewohnt wurde. Man rief mir nach: ›Gregoros Seleskeh, trete hinein, du kommst zur rechten Stunde.‹ Ich drehte mich um, erblickte in der Tür eine alte Frau, deren Gesicht und Gestalt Sie, wertester Herr Baron, und andere künstlerische Leute an die Sibyllen des Altertums erinnert hätte. Es war Aponomeria, die weise Frau, mit der ich sonst in Patras Umgang gepflogen und die meine Kenntnisse ungemein bereichert hatte. Wohl wußte ich nun, daß Aponomeria Hebammendienste verrichten sollte, was eigentlich ihr Beruf war in Patras. Ich trat hinein, die Fürstin lag in Kindesnöten, und bald war ein liebliches Wunder von Mägdlein geboren. ›Gregoros Seleskeh‹, sprach Aponomeria feierlich, ›betrachte dieses Kind aufmerksam und berichte, was du erschaut.‹ Ich tat das, ich figierte meinen ganzen Sinn, all meine Gedanken auf das kleine Wesen. Da entzündete sich über dem Haupte des Kindes ein blendender Strahlenschimmer, in diesem Schimmer wurde aber ein blutiges Schwert und dann eine mit Lorbeern und Palmen umwundene Krone sichtbar. – Ich verkündete das. Da rief Aponomeria begeistert: ›Heil, Heil der edlen Fürstentochter!‹ – Die Fürstin lag wie im Schlummer, doch bald leuchteten ihre Augen auf, sie erhob sich frisch und munter, alle Jugendblüte im holden Antlitz, aus dem Bette, kniete nieder vor dem Bildnis des heiligen Johannes, das über einem kleinen Altar im Zimmer angebracht, und betete, den verklärten Blick emporgerichtet. ›Ja‹, sprach sie dann, im Innersten bewegt, ›ja, meine Träume werden wahr – Teodoros Capitanaki – das blutige Schwert, es gehört dir, aber die palmen- und lorbeerumwundene Krone empfängst du aus der Hand dieser Jungfrau. Gregoros Seleskeh, Aponomeria! Meinen Gemahl – all ihr Heiligen, vielleicht ist er schon nicht mehr! – *mich* wird bald ein früher Tod hinraffen. Dann sollt ihr die treuen Eltern dieses Kindes sein. – Gregoros Seleskeh, ich kenne deine Weisheit, die Mittel, die dir zu Gebote stehen, du wirst ihn auffinden, *den*, der das blutige Schwert trägt, ihm wirst du die Fürstentochter in die Arme führen, wenn die Morgenröte aufsteigt, wenn die ersten Strahlen glühend aufflimmern und, von ihnen zum Leben entzündet, das gebeugte Volk sich aufrichtet!‹ – Als ich nach zwölf Jahren wieder nach Patras kam, waren beide gestorben, der Fürst und seine Gemahlin. Bei Aponomeria fand ich die Tochter, die nunmehr unser Kind worden. Wir gingen nach Zypern und fanden den, den wir suchten, den wir suchen mußten, um den reichen Schatz, das Besitztum der jungen Fürstin, in Empfang zu nehmen, in dem verfallnen Schloß zu Bassa, ehemals Paphos. – Hier fiel es mir ein, das Horoskop der jungen Fürstin zu stellen. Ich brachte heraus, daß ihr hohes Glück, ein Thron bestimmt durch die Verbindung mit einem Fürsten; aber zu gleicher Zeit gewahrte ich die Zeichen blutigen Mordes, grauenvoller Untaten, entsetzlicher Todeskämpfe, mich selbst darin verflochten und, in dem Augenblick des höchsten Glanzes der Fürstin, arm, verlassen, elend, aller meiner Wissenschaft, meiner kabbalistischen Kraft beraubt. Doch schien es, als wenn der Kabbala es vergönnt sein könnte, selbst die Macht der Gestirne zu besiegen, und zwar durch die künstliche Entzweiung der ineinanderwirkenden Prinzipe und Einschaffung eines dritten, zur Lösung des Knotens. Dies letzte war nun meine Sache, wenn ich das Unglück, das mir drohte in dem Schicksal meiner Pflegetochter, von mir abwenden und ruhig und glücklich bleiben wollte bis an mein Lebensende. – Ich forschte und forschte, wie das dritte Prinzip zu erzeugen. Ich berei-tete einen Teraphim – Sie wissen, Herr Baron, daß die Kabbalisten damit ein künstliches Bildnis bezeichnen, das, indem es geheime Kräfte der Geisterwelt weckt, durch scheinbares Leben täuscht. Es war ein hübscher Jüngling, den ich aus Ton gebildet und dem ich den Namen Theodor gegeben. Die junge Fürstin freute sich über sein artiges Wesen und seinen Verstand, sowie sie ihn aber berühr-te, zerfiel er in Staub, und ich gewahrte zum erstenmal, daß dem Fürstenkinde gewisse magische Kräfte inwohnen müssen, die mei-nem kabbalistischen Scharfblick entgangen. Mit einem Teraphim war daher nichts auszurichten, und es blieb nichts übrig, als einen Menschen zu finden, der durch magische Operationen geschickt gemacht werden konnte, jene Entzweiung zu bewirken und in die Stelle des unheilbringenden Teodoros Capitanaki zu treten. – Mein Freund, der Prophet Sifur, half mir aus der Verlegenheit. Er sagte mir, daß sechs Jahre vor der Geburt der Fürstentochter eine Baro-nesse von S. im Mecklenburg-Strelitzschen, die die Tochter einer griechischen Fürstin aus Zypern sei, einen Sohn geboren –«

»Was?«rief der Baron, indem er aus den Kissen herausfuhr und den Kanzleiassistenten anblickte mit blitzenden Augen, »was – wie? – Schnüspelpoldchen, Sie sprechen ja von meiner Mutter! – so sollte es doch wahr sein?«

»Sehn Sie wohl«, sprach Schnüspelpold, indem er arglistig schmunzelte, »sehn Sie wohl, wertgeschätztester Herr Baron, nun kommt das Interessante, nämlich Ihre eigene werte Person.« Dann fuhr er fort: »Also der Prophet Sifur entdeckte mir die Existenz eines achtzehnjährigen, sehr hübschen und angenehmen mecklen-burgschen Barons, der wenigstens von mütterlicher Seite aus grie-chischem fürstlichen Stamm entsprossen, bei dessen Geburt alle Gebräuche nach griechischer Art beobachtet worden und der in der Taufe den Namen Theodor erhalten. Dieser Baron, versicherte der Prophet, würde ungemein geschickt zu dem wirklich lebendigen Teraphim taugen, mittelst dessen das Horoskop zu vernichten und den Fürsten Teodoros Capitanaki samt seinem blutigen Schwert in ewige Vergessenheit zu begraben. Der Prophet schnitzte hierauf ein kleines Männlein aus Korkholz, strich es mit Farben an, kleidete es auf eine Weise, die mir sehr possierlich vorkam, und versicherte, daß dies Männchen eben der Baron Theodor von S. sei, wiewohl in verjüngtem Maßstabe. Ich muß denn auch gestehen, daß, als ich Sie, mein wertgeschätzter Herr Baron, zum erstenmal zu sehen das Glück hatte, mir gleich das Korkmännchen vor Augen stand, es gibt nichts Täuschenderes. Derselbe holde schwärmerische Blick, der Ihre Augen beseelt –« – »Finden Sie auch die Schwärmerei in meinem Blick, die den tiefen Genius verkündet?« So unterbrach der Baron den Kanzleiassistenten, indem er die Augen gräßlich verdrehte.

»Allerdings«, sprach Schnüspelpold weiter, »allerdings! Ferner dieselbe Narrheit im ganzen Wesen und Betragen.«

»Sind Sie des Teufels«, schrie der Baron erzürnt!

»Bitte sehr«, fuhr Schnüspelpold fort, »bitte sehr, ich meine bloß jenes närrische Wesen, wodurch sich eminente Genies, exzentrische Köpfe von gewöhnlichen vernünftigen Menschen unterscheiden. Es klebt mir, zu meiner Freude, auch etwas von jenem Wesen an, und ich würde noch heftiger ausschreiten, wenn mich nicht mein Haarzopf daran hinderte. Wir beide, der Prophet und ich, mußten herzlich über das kleine Püppchen lachen, denn es kam uns beiden ungemein albern vor, indessen wurde ich sehr bald von der Richtigkeit der kabbalistischen und astrologischen Beobachtungen, die der weise Sifur angestellt hatte, auf das innigste überzeugt. Nicht in Staub zerfiel das Püppchen, als die Fürstin es berührte, sondern sprang freudig auf ihrem Schoße umher. Sie gewann es sehr lieb und nannte es ihren schönen Teodoros. Aponomeria hegte dagegen den tiefsten Abscheu gegen das kleine Ding, war meinem ganzen Tun und Treiben in jeder Rücksicht entgegen und widersetzte sich der Reise nach Deutschland, die ich vier Jahre darauf mit ihr und der Fürstin unternehmen wollte, in der geheimen Absicht, Sie, wertgeschätzter Herr Baron, aufzusuchen und zu meinem und Ihrem Besten, koste es, was es wolle, Ihre Verbindung mit der Fürstin zustande zu bringen. Aponomeria warf tückischerweise das Korkpüppchen, also in gewisser Art Sie selbst, mein Herr Baron! ins Feuer. Durch diese Unvorsichtigkeit geriet sie aber ganz in meine Macht, ich wußte sie mir vom Halse zu schaffen. – Mit meiner Fürstin und dem reichen Schatz, der ihr Eigentum und auch in gewisser Art das meinige, verließ ich Zypern und ging nach Patras, wo ich von dem preußischen Konsul, Herrn Andreas Condoguri, mit

Freundschaft und Güte aufgenommen wurde. O hätte ich nimmermehr diesen Ort berührt! – Hier war es, wo die Fürstin mit der Kraft eines Talismans bekannt wurde, der, ein uraltes Erbstück der Familie, sich in ihrem Besitz befindet. Ein altes Weib sah ich von ihr gehen. – Nun genug, die Fürstin benutzte den Talisman so gut, daß ich, konnte meine kabbalistische Gewalt über sie auch nicht gebrochen werden, doch ebensosehr ihr Sklave wurde, als ich ihr Herr bin. Durch das Horoskop, durch meine kabbalistischen Operationen und durch die Kraft des Talismans ist eine solche wunderbare Verkettung magischer Gewalten entstanden, daß ich untergehen muß oder die Fürstin, je nachdem das Horoskop steigt oder meine Kabbala. Ich kam hieher, ich fand Sie, begreiflich wird es Ihnen sein, wie behutsam ich die Operationen beginnen mußte, die die Fürstin in Ihre Arme führen sollten. Ich spielte Ihnen die Brieftasche in die Hände, die Sie zufällig gefunden zu haben glaubten. Wir waren Ihnen oft nahe, Sie gewahrten uns nicht. – Ich ließ die Anzeige in die Zeitungen einrücken, Sie merkten nicht darauf! Wären Sie nur nach Patras gekommen, alles wäre gut gegangen. Aber – werden Sie nicht grimmig, wertgeschätztester Herr Baron – Ihr sonderbares Benehmen, Ihre fabelhaften, ich möchte beinahe sagen, albernen Streiche waren schuld daran, daß meine wohlberechnetsten Bemühungen vereitelt werden mußten. – Schon gleich, als wir Sie im Wirtshause in der Nacht trafen – Ihr Zustand – der schnarchende Italiener – Leicht wurde es der Fürstin, wieder in den Besitz der Brieftasche und des darin enthaltenen magischen Spielzeuges zu kommen, das Ihnen gar nützlich hätte werden können, und so den Zauberknoten zu lösen, den ich geschürzt. In dem Moment –« – »Schweigen Sie«, unterbrach der Baron den Kanzleiassistenten mit kläglicher Stimme, »schweigen Sie, teurer Freund, von jener unglückseligen Nacht, ich war ermüdet von der Reise nach Patras, und da –« – »Ich weiß alles«, sprach der Kanzleiassistent. »Also in dem Moment hielt sie die Fürstin für das Trugbild, das sie den Hasenfuß aus dem Tiergarten zu nennen pflegte. Doch es ist noch nicht alles verloren, und ich habe Sie deshalb in meine Geheimnisse eingeweiht, damit Sie sich leidend verhalten und mich ohne Widerstreben schalten lassen sollen. – Noch habe ich vergessen, Ihnen zu sagen, daß sich auf der Reise hieher der Papagei zu uns fand, mit dem Sie sich letzthin bei mir unterredet haben. Ich weiß, daß dieser Vogel auch mir feindlich entgegenwirkt. Hüten Sie sich vor ihm, es ist, ich ahne es, die alte Aponomeria! – Jetzt ist ein günstiger Moment eingetreten. Die Bartholomäusnacht hat auf Sie, verehrtester Herr Baron, eine ganz besondere geheimnisvolle Beziehung. Wir wollen sogleich die Operation beginnen, die zum Ziele führen kann.«

Damit löschte Schnüspelpold sämtliche Kerzen aus, die er angezündet, zog einen kleinen leuchtenden Metallspiegel hervor und flüsterte dem Baron zu, er möge mit Unterdrückung aller übrigen Gedanken und Vorstellungen den liebenden Sinn ganz auf die griechische Fürstin figieren und fest in den Spiegel hineinblicken. Der Baron tat es, und, o Himmel! die Gestalt der Griechin trat hervor aus dem Spiegel im Himmelsglanz überirdischer Schönheit. Sie breitete die bis an die Schultern bloßen blendenden Lilienarme aus, als wolle sie die Geliebten umfangen. Näher und näher schwebte sie, der Baron fühlte den süßen Hauch ihres Atems auf seinen Wangen! – »O Entzücken – o Seligkeit!« rief der Baron ganz außer sich, »ja, holdes angebetetes Wesen, ja, ich bin dein Fürst Teodoros und kein schnödes Trugbild aus Korkholz – Komm in meine Arme, süße Braut, ich lasse dich nimmer.« Damit wollte der Baron die Gestalt erfassen. Im Augenblick verschwand aber alles in dicke Finsternis, und Schnüspelpold rief zornig: »Knoblauch in deine Augen! du verdammter Hasenfuß! – Deine Vorschnelligkeit hat schon wieder alles verdorben!«

Auch diesem Blättlein ist aus den Notizen des Achatius von F. nichts weiter hinzuzufügen.

Viertes Blättlein

Dieses Blatt ist augenscheinlich nichts anders als ein Billett, das der Baron Theodor von S. an den Kanzleiassistenten Schnüspelpold geschrieben. Man bemerkt noch sehr deutlich die Kniffe und die Stelle, wo das Siegel gesessen. Es lautet wie folgt:

»Mein hochverehrtester Herr Kanzleiassistent! Gern will ich Ihnen die begangenen Fehler eingestehen und sie herzinniglich bereuen. Aber bedenken Sie, teurer Schnüspelpold, daß ein Jüngling, der so wie ich von feuriger schwärmerischer Natur ist und dabei vom ganzen süßen Wahnsinn der glühendsten Liebe befangen, wohl nicht imstande sein kann, mit Besonnenheit zu handeln, zumal wenn Zauberei im Spiele, die ihn garstig neckt. Und bin ich denn nicht hart genug bestraft worden dafür, daß ich aus Unvorsichtigkeit, aus Unkunde fehlte? – Seit dem verhängnisvollen Fall vom Pferde hin ich auch aus der Mode gefallen. Weiß der Himmel, auf welche Art das fatale Ereignis in ganz B. bekannt wurde. Überall, wo ich mich blicken lasse, erkundigt man sich mit verhöhnender Teilnahme, ob mein böser Sturz keine üble Folgen gehabt, und hält sich kaum zurück, mir ins Gesicht zu lachen. – Es gibt kein größeres Unglück, als lächerlich zu werden, der Lächerlichkeit folgt allemal, wenn die Lacher ermüdet, völlige Bedeutungslosigkeit. Dies ist leider mein Fall, in den brillantsten Zirkeln, wenn ich zu erscheinen gedenke als siegender Held des Tages, achtet niemand meiner, will niemand mehr mein Geheimnis erfahren, und selbst die borniertesten Fräuleins erheben sich über mich und rümpfen die Nase eben in dem Augenblick, wenn ich ganz göttlich bin. Ich weiß, daß mich ein neuer imposant kühner Schnitt eines Fracks retten könnte, habe schon nach London und Paris geschrieben und werde das Kleid wählen, welches mir am tollsten, am bizarrsten scheint; aber kann mir das ein Glück auf die Dauer verschaffen? – Nein, *sie* muß ich gewinnen, die all mein Leben ist und meine Hoffnung! O Gott, was frägt ein Herz voll Liebe nach neumödischen Fracks und dergleichen – Ja! es gibt Höheres in der Natur als die Tees der eleganten Welt! – Sie ist reich, schön, von fremder hoher Abkunft – Schnüspelpold, ich beschwöre Sie, bieten Sie Ihre ganze Wissenschaft, all Ihre geheimnisvollen Künste auf, machen Sie gut, was ich verdarb, stellen Sie den – oh, ich möchte meine Kühnheit, meine Ausgelassenheit verwünschen – ja, stellen Sie den Zauber wieder her, den ich verdarb. Ich gebe mich ganz in Ihre Macht, ich tue alles, was Sie gebieten! – Bedenken Sie, daß von meiner Verbindung mit der Fürstin auch Ihr Wohl und Weh abhängt. Schnüspelpold – teurer Schnüspelpold! operieren Sie sehr! – Antwort, um tröstende Antwort fleht mit heißem Verlangen

Ihr innigst ergebenster Theodor Baron von S.«

Auf der Rückseite des Blatts steht Schnüspelpolds Antwort.

»Hochgeborner Herr Baron! Die Sterne sind Ihnen günstig. Unerachtet Ihrer ungeheueren Unvorsichtigkeit, die uns beide hätte verderben können, ist die kabbalistische Operation dennoch keinesweges ganz mißlungen, wiewohl es jetzt noch mehr Zeit und Mühe kostet, den Zauber zu vollbringen, als es sonst der Fall gewesen sein würde. Der Papagei war noch in magischem regungslosem Schlaf erstarrt. Meine Mündel befand sich ebenfalls noch in dem Zustande, der mein Werk war. Sie klagte mir jedoch, daß, bald nachdem sie ihr Idol, den Fürsten Teodor Capitanaki, im höchsten Entzücken der Liebe zu umarmen vermeint, der korkene Hasenfuß täppisch dazwischengefahren sei, und bat mich, ihn wo möglich bei Gelegenheit niederzustoßen, wenn sie es nicht lieber selbst tun, oder ihm wenigstens mit dem magischen Messer die Pulsader aufschneiden solle, damit die Leute, die er so lange arglistig getäuscht, endlich zu der Überzeugung kämen, daß nur weißes kaltes Blut in ihm fließe. Dessenunerachtet, mein hochverehrtester Herr Baron, können Sie sich so gut als verlobt ansehn mit der Fürstin. Nur müssen Sie jetzt auf das sorglichste Ihr Betragen darnach einrichten, daß Sie nicht wieder aufs neue alles verderben, denn sonst ist der Zauber unwiederbringlich zerstört. Fürs erste, laufen Sie nicht hundertmal des Tages bei meinen Fenstern vorüber. Außerdem, daß es sich schon an und für sich selbst sehr albern ausnimmt, wird auch dadurch die Fürstin immer mehr in ihrer vorgefaßten Meinung bestärkt, daß Sie bloß ein korkner – aus dem Tiergarten sind. Es kommt überhaupt darauf an, daß Sie die Fürstin jetzt niemals anders erblicken als in einem gewissen träumerischen Zustande, in den Sie, trügt mich nicht meine Wissenschaft, in jeder Nacht zur Mitternachtsstunde fallen werden. Dazu gehört aber, daß Sie jeden Abend auf dem Punkt zehn Uhr sich ins Bette legen und überhaupt ein stilles, nüchternes abgeschiedenes Leben führen. Frühmorgens um fünf oder spätestens sechs Uhr stehen Sie auf und machen, erlaubt es das Wetter, einen Spaziergang nach dem Tiergarten. Sie tun gut, wenn Sie bis zur Statue des Apollo wandern. Dort dürfen Sie sich ohne Schaden etwas toll gebärden und verliebte wahnsinnige Verse, sogar Ihre eignen, laut deklamieren, insofern sie sich auf Ihre Liebe zur Fürstin beziehen, zurückgekehrt (Sie haben durchaus noch nichts genossen), erlaube ich Ihnen eine Tasse Kaffee zu trinken, jedoch ohne Zucker und ohne Rum. Um zehn Uhr dürfen Sie ein Schnittchen westfälischen Schinken oder ein paar Scheiben Salami nebst einem Glase Jostischen Biers zu sich nehmen. Punkt ein Uhr setzen Sie sich alleine in Ihrem Zimmer zu Tische und essen einen Teller Kräutersuppe, dann etwas gekochtes Rindfleisch mit einer mittelmäßigen sauern Gurke, und gelüstet's Ihnen durchaus nach Braten, so wechseln Sie geschickt mit gebratenen Tauben und Brathechten, wozu Sie doch beileibe nicht etwa stark gewürzten Salat, sondern höchstens etwas Pflaumenmus genießen dürfen. Dazu trinken Sie eine halbe Flasche des dünnen weißen Weines, welcher schon an und vor sich selbst die gehörige Beimischung von Wasser hat. Sie bekommen den in allen Weinhäusern des Orts. Was Ihre Beschäftigung betrifft, so vermeiden Sie alles, was Sie erhitzen könnte. Lesen Sie Lafontainische Romane, Ifflandsche Komödien, Verse dichterischer Frauen, wie sie in allen neuen Taschenbüchern und Romanen stehen, oder, was am besten ist, machen Sie selbst Verse. Denn die psychische Qual, die Sie dabei empfinden, ohne jemals in Begeisterung zu geraten, hilft erstaunlich zum Zweck. Am mehrsten warne ich Sie für zwei Dinge. Trinken Sie unter keiner Bedingung auch nur ein einziges Glas Champagner und machen Sie keinem Frauenzimmer den Hof. Jeder verliebte Blick, jedes süße Wort oder gar ein Handkuß ist eine schnöde Untreue, die zur Stelle auf eine Ihnen sehr unangenehme Art gerügt werden wird, um wo möglich Sie im Geleise zu erhalten. Meiden Sie vorzüglich das Simsonsche Haus. Amalia Simson, die Ihnen schon weismachen wollte, ich sei ein Jude aus Smyrna und die Fürstin sei meine wahnsinnige Tochter, sucht Sie in ihre Netze zu ziehn. Sie wissen vielleicht nicht, daß Nathanael Simson selbst das ist, wofür mich die saubere Tochter ausgab? Nämlich ein Jude, unerachtet er Schinken frißt und Schlackwurst. Er ist auch im Komplott mit der Tochter, macht er es aber zu arg, so soll ihm der Dämon, während er ißt, zurufen: ›Gift in deine Speise, verruchter Mauschel!‹, und er ist verloren. Vermeiden Sie auch das Reiten, Sie haben schon zweimal Unglück gehabt mit Pferden. Befolgen Sie, mein hochverehrtester Herr Baron, alle diese Vorschriften genau, so werden Sie sehr bald von mir Weiteres vernehmen.

Mit der vorzüglichsten etc.«

Aus den Notizen des Barons Achatius von F. sind hier folgende kurze Bemerkungen mitzuteilen:

»Nein, es ist durchaus nicht zu ergründen, was in diesen jungen Menschen, in Deinen Neffen Theodor, gefahren sein muß. Er ist blaß wie der Tod, verstört in seinem ganzen Wesen, kurz, ein ganz anderer worden, als er sonst war. – Um zehn Uhr morgens besuchte ich ihn, fürchtend, er werde noch in den Federn liegen. Statt dessen fand ich ihn, wie er eben frühstückte. Und rate, worin sein Frühstück bestanden – Nein, das zu raten ist unmöglich! – Auf einem Teller lagen ein paar dünne Scheibchen Salamiwurst und daneben stand ein mäßiges Glas, worin – Braunbier perlte! – Erinnere Dich des Abscheus, den sonst Theodor gegen Knoblauch hegte! – Ist jemals ein Tropfen Bier über seine Lippen geglitten? – Ich bezeugte ihm meine Verwunderung über das herrliche üppige Frühstück, das einzunehmen er im Begriff stehe. Da schwatzte er viel verwirrtes Zeug durcheinander, von notwendiger strenger Diät – von Kaffee ohne Zucker und Rum, von Kräutersuppen, von sauren Gurken, Brathechten mit Pflaumenmus und wäßrichtem Wein. Die Brathechte mit Pflaumenmus trieben ihm Tränen in die Augen. – Er schien meinen Besuch gar nicht gern zu sehen, deshalb verließ ich ihn bald.«

»Krank ist Dein Neffe nicht, krank nicht im mindesten, aber von seltsamen Einbildungen befangen. Unerachtet er nun nicht die mindesten Spuren geistiger Zerrüttung zeigt, so meint der Doktor H. dennoch, daß er an einer Mania occulta leiden könne, die eben das Eigentümliche hat, daß sie auf keine Weise, weder in physischer noch psychischer Hinsicht, verspürt werden kann und so einem Feinde gleicht, der gar nicht anzugreifen ist, weil er sich nirgends zeigt. Es wäre schade um Deinen Neffen!«

»Was ist denn das? Soll ich denn abergläubischerweise an Hexenkünste glauben? – Du weißt, ich bin von jeher gesunden festen Gemüts und nichts weniger als zur Schwärmerei geneigt gewesen, doch was man mit eignen Ohren hört, mit eignen Augen sieht, das kann man sich doch mit dem besten Willen nicht abstreiten. – Mit der größten Mühe hatte ich Deinen Neffen überredet, mit mir zum Souper bei der Frau von G. zu gehen. Das bildhübsche Fräulein von T. war dort, im vollen Glanze des beau jour, geputzt wie ein Engel. Sie redete, freundlich und anmutig wie sie ist, den düstern, in sich gekehrten Vetter an, und ich gewahrte, mit welcher Gewalt Theodor sich zwang, nicht den Blick ruhen zu lassen auf der schönen Gestalt. Sollt er eine tyrannische Geliebte haben, die ihn despotisiert? So dacht ich. Zehn Uhr war es gerade, als man sich zu Tische zu setzen im Begriff stand. Theodor wollte durchaus fort, doch indem ich mich mit ihm herumzankte, trat das Fräulein von T. heran. ›Wie, Vetter, Sie werden mich doch zu Tische führen?‹ So sprach sie mit naiver Lustigkeit und hing sich ohne weitere Umstände in seinen Arm. Ich saß dem Paar gegenüber und bemerkte zu meiner Freude, wie Theodor bei der schönen Nachbarin immer mehr und mehr auftaute. Er trank rasch hintereinander einige Gläser Champagner, und immer feuriger wurden seine Blicke, immer mehr verschwand die Todesbleiche von seinen Wangen. Man hob die Tafel auf, da faßte Theodor die Hand der reizenden Cousine und drückte sie zärtlich an seine Lippen. Doch in dem Augenblick gab es einen Klatsch, daß der ganze Saal widerhallte, und Theodor fuhr, entsetzt zurückprallend, nach seiner Backe, die kirschrot war und aufgeschwollen schien. Dann rannte er wie unsinnig zum Saal heraus. Alle waren sehr erschrocken, vorzüglich die schöne Cousine, mehr aber über Theodors Entsetzen und plötzliche Flucht als über die Ohrfeige, die er von unsichtbarer Hand erhalten. Auf diesen tollen

Geisterspuk schienen nur wenige was zu geben, unerachtet ich mich von einem fatalen fieberhaften Frösteln durchbebt fühlte.«

»Theodor hat sich eingeschlossen, er will durchaus niemanden sprechen. Der Arzt besucht ihn.«

»Sollte man es glauben, was eine alternde Kokette vermag? – Amalie Simson, eine Person, die mir in den Grund der Seele zuwider ist, hat Schloß und Riegel durchdrungen. Sie ist in Begleitung einer Freundin bei Theodor gewesen und hat ihn überredet, nach dem Tiergarten zu fahren. Er hat zu Mittag gegessen bei dem Bankier und soll bei vorzüglicher Laune gewesen sein, auch Gedichte vorgelesen haben, wodurch alle Gäste verscheucht worden sind, so daß er zuletzt mit der reizenden Amalie allein geblieben ist.«

»Es ist zu arg, es ist zu arg, mir geht's im Kopf herum wie in einer Mühle, ich stehe nicht mehr fest auf den Füßen, mich treibt ein toller Schwindel! – Gestern werd ich eingeladen von dem Bankier Nathanael Simson zum Souper. Ich gehe hin, weil ich Theodor dort vermute. Er ist wirklich da, eleganter, das heißt närrischer, fabelhafter gekleidet als jemals, und gebärdet sich als Amaliens entschiedenen Liebhaber. Amalie hat die verblühten Reize tüchtig aufgefrischt, sie sieht bei dem Lichterglanz ordentlich hübsch und jung aus, so daß ich sie deshalb hätte zum Fenster herauswerfen mögen. Theodor drückt, küßt ihr die Hände. Amalie wirft siegreiche Blicke umher. Nach der Tafel wissen beide geschickt sich in ein Kabinett zu entfernen. Ich verfolge sie, schaue durch die halb geöffnete Türe, da schließt der Schlingel das fatale Judenkind feurig in seine Arme. Da geht es aber auch – Klatsch – Klatsch – Klatsch, und es regnet Ohrfeigen, von unsichtbarer Hand zugeteilt. Theodor taumelt halb sinnlos durch den Saal – Klatsch – Klatsch geht es immer fort, und als er schon ohne Hut auf der Straße entflieht, hört man es noch nachhallen Klatsch – Klatsch – Klatsch – Amalie Simson liegt in tiefer Ohnmacht – Die Spur des tiefen Entsetzens liegt auf den leichenblassen Gesichtern der Gäste! – Keiner vermag eine Silbe laut werden zu lassen über das, was geschehen – Man geht in tiefem Schweigen, verstört, auseinander –«

»Theodor wollte mich nicht sprechen, er schickte mir einen kleinen Zettel heraus, hier ist er: ›Sie sehen mich umgarnt von bösen unheimlichen Mächten! Ich bin der Verzweiflung nahe. Ich muß mich losreißen, ich muß fort. Ich will zurück nach Mecklenburg. Verlassen Sie mich nicht. Nicht wahr, wir reisen zusammen? – Wenn's Ihnen recht ist, in drei Tagen.‹

Ich werde die nötigen Anstalten zur Reise machen und Dir, will's der Himmel, Deinen Neffen, allem tollen Spuk entrückt, frisch und gesund in die Arme zurückführen.«

Es kann schicklich hier noch ein kleines Blättchen aus der Brieftasche eingefügt werden, wahrscheinlich ist es die Abschrift eines Billetts, das Schnüspelpold an den Baron schrieb.

»So befolgen Sie, Hochgeborner, die Vorschriften, die ich Ihnen gab, um die Hand der Fürstin zu erringen? – Hätte ich glauben können, daß Sie so leichtsinnig wären, als Sie es wirklich sind, nimmermehr hätte ich auf Sie nur im geringsten gerechnet. Offenbar hat sich der Prophet Sifur verguckt. Doch auch ein Wort des Trostes! – Da eigentlich nur die bösen Ränke des alten Juden und seiner Tochter an Ihrem Hauptvergehen schuld sind und Sie nicht aus eigner freier Willensbestimmung handelten, so hält der Zauber noch fest, und es kann alles ins Geleise gebracht werden, wenn Sie von nun an genau die Ihnen gegebenen Vorschriften befolgen und vorzüglich das Simsonsche Haus gänzlich meiden. Nehmen Sie sich in acht für den Bankier, er treibt gewisse Künste, die zwar nur talmudisch genannt zu werden verdienen, eine ehrliche Christenseele aber doch ins Verderben stürzen können. Mit der vorzüglichsten Hochachtung habe ich die Ehre etc.

(Astariot sogleich zur Bestellung übergeben.)«

Fünftes Blättlein

Dieses Blättlein ist von der Hand der Fürstin.

»Was ist es mit dem seltsamen Zustande, der mich seit einigen Tagen ergriffen? Was begab sich in jener Nacht, als ich, plötzlich meinem Selbst entrückt, mir nur ein namenloser Schmerz schien, den ich doch wieder wie heiße Inbrunst der Liebe empfand? Alle meine Gedanken fliegen ihm zu, der meine Sehnsucht ist, mein einziges Hoffen, und doch – welche Gewalt hält mich fest, welche unsichtbare Arme umschlingen mich wie im Entzücken des glühendsten Verlangens? Und nicht loswinden kann ich mich, und es ist, als ob ich nur leben könnte in dieser Gewalt, die mein Innres verzehrt wie aufgelodertes Feuer, aber diese Flammen sind Gefühle, Wünsche, die ich nicht zu nennen vermag! – Apokatastos ist traurig, läßt die Fittiche hängen und blickt mich oft an mit Augen, in denen sich tiefes Mitleiden, tiefer Gram abspiegelt. Der Magus ist dagegen besonders munter, ja zuweilen keck und übermütig, und kaum vermag ich in meiner Trostlosigkeit ihn in seine Schranken zurückzuweisen. – Nein, dieses arme Herz, es bricht, wenn dieser entsetzliche Zustand nicht bald endet. – Und hier in diesen Mauern, fern von der süßen Heimat.

Ich weinte, ich klagte laut, Maria vergoß mit mir Tränen, ohne daß sie meine Qual verstand, da schüttelte Apokatastos die Flügel, wie er es lange nicht getan, und sprach: ›Bald – bald – Geduld – der Kampf beginnt –‹ Das Sprechen schien ihm sehr schwer zu werden. Er flatterte heran an den Schrank, in dem, wie ich weiß, mein Magus eine hermetisch verschlossene Kapsel aufbewahrt, die sein wunderbarstes Geheimnis enthält. An das Schloß dieses Schranks schlug Apokatastos so stark mit dem Schnabel, daß es inwendig zu dröhnen, zu klirren und klingen begann. Der Magus trat hinein und schien, als er das Beginnen des Papageies gewahrte, heftig zu erschrecken. Apokatastos erhob ein solches durchdringendes entsetzliches Geschrei, wie ich es noch niemals von ihm gehört habe, rauschte mit den Flügeln und flog endlich dem Magus geradezu ins Gesicht. Der Magus rettete sich, wie gewöhnlich, ins Bette und zog die Decke über. Apokatastos sprach: ›Noch nicht Zeit – aber bald, Teodoros –‹ Nein, ich bin nicht ganz verlassen, Apokatastos ist es, der mich beschützt – Maria, das arme Kind, war heftig erschrocken und meinte, das wären ja alles unheimliche Dinge, und ihr graute – Ich erinnerte sie an die Johannisnacht, da wurde sie wieder freundlich und blieb auf mein Flehen bis spät in die Nacht hinein. Auch ich erheiterte mich, wir spielten, wir sangen, wir scherzten, wir lachten. Selbst das Spielzeug aus der Brieftasche, Band und Blume, mußte uns zu manchem Ergötzen dienen. Ach! – nur zu kurz dauerte die Freude. Mein Magus streckte sein Haupt empor, und indem ich über sein possierliches Ansehn (er hatte wieder die Spitzenhaube aufgesetzt) in ein lautes Gelächter ausbrechen wollte, verfiel ich, da der Magus mich mit seinen fürchterlichen Augen anstarrte, wiederum in jenen heillosen Zustand, und es war mir, als wenn ich irgend jemanden ohrfeigte. Sehr deutlich gewahrte ich, daß ich wirklich mit der rechten Hand unaufhörlich in die Luft hineinschlug, und vernahm ebenso deutlich das Klatschen der Ohrfeigen – Ha! und gewiß ist die Arglist und Bosheit meines Magus an allem schuld –

›Der Talisman wird wirken‹, ruft in diesem Augenblick Apokatastos! – Freudiges Hoffen leuchtet in mir auf – O Teodoros!«

Aus mehreren Notizen des Barons Achatius von F. wird folgendes im Zusammenhange beigebracht.

Ist was Tolles geschehen, so folgt allemal das noch Tollere. Theodor hatte sich von seinem Schmerz, seiner Verzweiflung so ziemlich erholt, und der joviale Rittmeister von B. vermochte so viel über ihn, daß er nicht allein, unerachtet er nach Mecklenburg reisen wollen, in Berlin blieb, sondern auch von seiner strengen Diät merklich nachließ. In die Stelle der Salami trat ein tüchtiger italienischer Salat und ein wohlbereitetes Beefsteak, in die Stelle des Jostischen Biers ein gutes Glas Portwein oder Madera. Da der Appetit sich darauf um ein Uhr noch nicht eingestellt, so wurde zwei Stündchen später in der Jagorschen Restauration nicht eben gar zu mäßig gegessen und ebenso getrunken. Das einzige, was der Rittmeister billigte, waren die frühen Spaziergänge nach dem Tiergarten, die er indessen in Spazierritte verwandelt wünschte. Des Barons seltsamer Zustand schien ihm nämlich von einer tiefen Hypochondrie herzurühren, und das Reiten hielt der Rittmeister für das beste Mittel dagegen, sowie überhaupt für ein Universalmittel gegen Beschwerden der verschiedensten Art. Zum Reiten wollte sich der Baron, des zwiefachen Unglücks, das er seit kurzer Zeit erlebt, und Schnüspelpolds Warnung eingedenk, durchaus nicht entschließen. – Von dem Baron konnte man aber wohl mit Recht behaupten, daß der Himmel ihm eben nicht den festesten Charakter verliehen und daß er, ein schwaches Rohr, dem andringenden Sturme sich beugen mußte, um nicht zu zerbrechen. So geschah es denn auch, daß er, als er einmal in der Jagorschen Restauration mit dem Rittmeister von B. gegessen und dieser nun ein paar gesattelte Pferde vorführen lassen, sich überreden ließ, das eine zu besteigen und mit dem Rittmeister nach Charlottenburg zu reiten. Ohne den mindesten Unfall ging alles glücklich vonstatten. Der Rittmeister konnte nicht aufhören, den Baron als den zierlichsten, geschicktesten Reiter zu rühmen, und dieser freute sich ganz ungemein, daß man auch nun diesem Vorzug, den ihm Natur und Kunst gegeben, Gerechtigkeit widerfahren lasse. Die Freunde tranken ganz gemütlich bei der Madame Pauli wohlbereiteten Kaffee und schwangen sich dann getrost wieder auf die Pferde. Wohl natürlich war es, daß der Rittmeister sich mühte, die eigentliche Ursache von Theodors seltsamem Betragen, von seiner durchaus veränderten Lebensweise zu erfahren, und ebenso natürlich, daß Theodor ihm darüber nichts Rechtes sagen konnte und durfte. Nur darüber ließ der Baron sich aus, daß an einem großen Ungemach, an einer Qual, die er leiden müsse (er meinte wohl die ihm von unsichtbarer Hand zugeteilten Ohrfeigen), niemand anders schuld sei als der alte Nathanael Simson und seine eroberungssüchtige Tochter. Der Rittmeister, dem beide, Vater und Tochter, längst ganz unausstehlich waren, begann wacker auf den alten Juden zu schimpfen, ohne zu wissen, was er denn dem Baron Arges angetan, und auch der Baron erhitzte sich immer mehr, so daß er zuletzt dem Bankier alles, was er erlitten, in die Schuhe schob und fürchterliche Rache beschloß. So ganz Grimm und Zorn, kam der Baron in die Nähe des Simsonschen Landhauses. – Die Freunde hatten nämlich den Weg über des Hofjägers Besitzung eingeschlagen und ritten die Straße neben den Landhäusern herab. Da erblickte der Baron im offnen Vestibüle des Landhauses eine Tafel, an der Nathanael Simson mit seiner Tochter und mehreren Gästen beim Dessert eines reichen Mittagsmahls saß. Schon war die Dämmerung stark eingebrochen, und es wurden eben Lichter gebracht. Da kam dem Baron ein großer Gedanke. »Tue mir«, sprach er leise zum Rittmeister, »tu mir den Gefallen und reite einmal langsam vorwärts, ich will hier mit einemmal allen bösen Streichen des arglistigen Juden und seiner aberwitzigen Tochter ein Ende machen.« – »Nur kein dummes Zeug, lieber Bruder, das dich wieder blamiert vor den Leuten«, warnte der Rittmeister und ritt, wie Theodor gewünscht, langsam die Straße herab. Nun näherte sich der Baron leise, ganz leise dem Gitter. Ein überhängender Baum versteckte ihn, daß ihn niemand aus dem Hause gewahren konnte. Hinein rief er mit einer Stimme, der er so viel Tiefdröhnendes, Schauerlich-Gespenstisches gab, als nur in seinen Kräften stand: »Nathanael Simson – Nathanael Simson – frißt du mit deiner Familie? Gift in deine Speise, verruchter Mauschel, es ist dein böser Dämon, der dir ruft!« – Diese Worte gesprochen, wollte der Baron schnell hineinspringen ins Gebüsch und so wahrhaft geisterartig verschwunden sein. Doch der Himmel hatte einen andern Ausgang des Abenteuers beschlossen. Plötzlich stätisch geworden, bockte und bäumte sich das Pferd, und alles Mühen des Barons, es aus der Stelle zu bringen, blieb ganz vergebens. Nathanael Simson hatte vor jähem Schreck Messer und Gabel fallen lassen – die ganze Gesellschaft schien erstarrt, der das Glas an den Mund gebracht, hielt es fest, ohne zu trinken, der ein Stück Kuchen in der Kehle, vergaß das Schlucken! Als nun aber das Trappeln und Schnaufen und Wiehern des Pferdes vernommen wurde, sprang alles auf vom Tische und rannte schnell ans Gitter. »Ei, ei, sind Sie es, Herr Baron? – Ei, schönen guten Abend, lieber Herr Baron – wollen Sie nicht lieber absteigen, vortrefflichster Dämon!« So schrie alles durcheinander, und das unmäßigste Gelächter erschallte, das jemals gehört worden, während der Baron, ganz Wut und Verzweiflung, sich vergebens abquälte, um sich zu retten aus dieser Traufe von Verhöhnung und tötendem Spott. Der Rittmeister, der den Lärm vernahm und sogleich ein neues Malheur seines Freundes vermutete, kam zurück. Sowie das Pferd des Barons ihn ansichtig wurde, war es, als sei plötzlich der Zauber gelöst, von dem es festgebannt, denn sogleich flog es mit dem Baron dem Leipziger Tore zu, und zwar in keinesweges wildem, sondern ganz anständigem Galopp, der Rittmeister verließ den Freund nicht, sondern galoppierte ihm treulich zur Seite.

»O daß ich nie geboren wäre, o daß ich nimmer diesen Tag erlebt hätte!« rief der Baron tragisch, als beide, er und der Rittmeister, abgestiegen waren vor seiner Wohnung. – »Der Teufel«, sprach er dann, indem er sich mit gebellter Faust vor die Stirne schlug, »der Teufel hole das Reiten und alle Pferde dazu. – Die ärgste Schmach, die hab ich heute davon erlebt!« – »Siehst du«, sprach der Rittmeister sehr ruhig und gelassen, »siehst du nun wohl, lieber Bruder, da schiebst du wieder etwas aufs Reiten und auf das edle Geschlecht der Pferde, was ganz allein deine Schuld ist. Fragtest du mich erst, ob mein Gaul sich auf dämonische Verschwörungen verstehe, ich hätte ›Nein!‹ geantwortet, und der ganze Spaß wäre unterblieben.« Schrecklicher Argwohn kam in des Barons Seele, auch gegen Schnüspelpold, denn zu seinem Entsetzen hatte er ihn unter Simsons Gästen bemerkt.

»Herr Baron! Der gestrige Auftritt vor meinem Gartenhause war bloß abscheulich und lächerlich dazu. Niemand kann sich fühlen beleidigt, und nur Sie hat getroffen ein Unglück und ein Spott. Doch müssen wir beide, ich und meine Tochter, Sie bitten, künftig zu vermeiden unser Haus. Sehr bald ziehe ich nach der Stadt, und wenn Sie, wertester Herr Baron, vielleicht wieder Geschäfte machen wollen in guten Papieren, bitte ich nicht vorbeizugehen mein Comptoir. Ich empfehle mich Sie ganz ergebenst etc.

Berlin, den —

Nathanael Simson,
für mich und meine Tochter

Amalie Simson.«

Sechstes Blättlein

Auch hier sind drei Blättchen geschickt in eines zusammenzuziehen, da sie in gewisser Art den Schluß der Abenteuer bilden, die sich mit dem Baron Theodor von S. und der schönen Griechin begaben. Auf dem ersten stehen wiederum Worte, die von dem Kanzleiassistenten Schnüspelpold an den Baron gerichtet sind. Nämlich:

»Hochgeborner Herr Baron! Endlich, den dunklen Mächten Dank, kann ich Sie gänzlich aus Ihrer Trostlosigkeit reißen und Ihnen zum voraus das Gelingen eines Zaubers verkünden, der Ihr Glück befestigt und das meinige. Schon habe ich es gesagt, die Sterne sind Ihnen günstig; was andern zum höchsten Nachteil gereichen würde, bringt Sie ans Ziel. Gerade der tolle Auftritt vor Simsons Gartenhause, von dem ich Zeuge war, Zeuge sein mußte, hat alle Schlingen zerrissen, in die Sie der arglistige Alte verstricken wollte. Dazu kommt aber, daß Sie in den letzten vierzehn Tagen meine Vorschriften strenge befolgt haben, gar nicht ausgegangen und noch viel weniger nach Mecklenburg gereiset sind. Zwar mag ersteres daher rühren, daß nach dem letzten Auftritt Sie überall, wo Sie sich blicken ließen, ein wenig gefoppt und ausgelacht wurden, letzteres aber, weil Sie noch Wechsel erwarten, doch das gilt gleichviel. – In der künftigen Äquinoktialnacht, das heißt in der Nacht von heute zu morgen, wird der Zauber vollendet, der die Fürstin auf ewig an Sie fesselt, so daß sie nimmer von Ihnen lassen kann. Auf den Schlag zwölf Uhr finden Sie sich in griechischer Kleidung ein im Tiergarten, bei der Statue des Apollo, und es wird ein Bund gefeiert werden, den in wenigen Tagen darauf die festlichen Gebräuche der griechischen Kirche heiligen sollen. – Es ist nötig, daß Sie sich bei der Zeremonie im Tiergarten ganz leidend verhalten und bloß meinen Winken folgen. Also diese Nacht Punkt zwölf Uhr in griechischer Kleidung sehe ich Sie wieder.

Mit der vorzüglichsten etc.

(Astariot zur Bestellung gegeben.)«

Das zweite Blatt ist von einer sehr feinen, doch leserlichen Hand geschrieben, die sonst in allen Blättern nicht vorkommt, und enthält folgende zusammenhängende Erzählung:

»Auf derselben Bank im Tiergarten, unfern der Statue des Apollo, wo er die verhängnisvolle Brieftasche gefunden, saß der Baron Theodor von S., in einen Mantel gehüllt, den griechischen Turban auf dem Kopfe. Von der Stadt her tönten die Glocken herüber. Die Mitternachtsstunde schlug. Ein rauher Herbstwind strich durch Baum und Gebüsch, die Nachtvögel schwangen sich kreischend durch die sausenden Lüfte, immer schwärzer wurde die Finsternis, und wenn die Mondessichel auf Augenblicke die Wolken durchschnitt und ihre Strahlen hinabwarf in den Wald, da war es, als hüpften in den Gängen seltsame Spukgestalten auf und ab und trieben ihr unheimlich Wesen mit tollem Spiel und flüsterndem Geistergespräch. Den Baron wandelte in der tiefen Einsamkeit der Nacht ein Grauen an. ›So beginnt‹, sprach er, ›das Fest der Liebe, das dir versprochen? – O all ihr Mächte des Himmels, hätte ich nur meine Jagdflasche mit Jamaikarum gefüllt und, dem griechischen Kostüm unbeschadet, um meinen Hals gehängt, wie ein freiwilliger Jäger, ich nähme einen Schluck und –‹ Da zogen plötzlich unsichtbare Hände dem Baron den Mantel von den Schultern herab. Entsetzt sprang er auf und wollte fliehen, doch ein herrlicher melodischer Laut ging durch den Wald, ein fernes Echo antwortete, der Nachtwind säuselte milder, siegend brach der Mond durch die Wolken, und in seinem Schimmer gewahrte der Baron eine hohe, herrliche, in Schleier gehüllte Gestalt. ›Teodoros‹, hauchte sie leise, indem sie den Schleier zurückschlug. O Entzücken des Himmels! Der Baron erkannte die Fürstin in der reichsten griechischen Tracht, ein funkelndes Diadem in dem schwarzen aufgenestelten Haar. – ›Teodoros‹, sprach die Fürstin mit dem Ton der innigsten Liebe, ›Teodoros, mein Teodoros, ja, ich habe dich gefunden – ich bin dein – empfange diesen Ring –‹ In dem Augenblick war es, als halle ein Donnerschlag durch den Wald, und eine hohe majestätische Frau mit ernstem gebietendem Antlitz stand plötzlich zwischen dem Baron und der Fürstin. ›Aponomeria‹, schrie die Fürstin auf, wie in dem Schreck des freudigsten Erwachens aus finstrem Traum, und warf sich an die Brust der Alten, die mit furchtbarem Blick den Baron durchbohrte. Den einen Arm um die Fürstin geschlungen, den andern hoch in die Lüfte emporgestreckt, sprach die Alte nun mit feierlichem das Innerste durchdringenden Ton: ›Vernichtet ist der höllische Zauber des schwarzen Dämons – er liegt in schmachvollen Banden, du bist frei, hohe Fürstin – o du mein süßes Himmelskind! – Schau auf, schaue deinen Teodoros!‹ – Ein blendender Glanz ging auf, in ihm stand eine hohe Heldengestalt auf mutigem Streitroß, in den Händen ein flatterndes Panier, auf dessen einer Seite ein rotes mit Strahlen umgebenes Kreuz, auf der andern ein aus der Asche steigender Phönix abgebildet! – –«

Die Erzählung bricht hier ab, ohne etwas Weiteres von dem Baron Theodor von S. und dem Kanzleiassistenten Schnüspelpold zu erwähnen. Auf dem dritten und letzten Blättchen stehen nur wenige Worte von der Hand der Fürstin.

»O all ihr Heiligen, all ihr ewigen Mächte des Himmels! an den Rand des Abgrunds hatte mich der boshafte Magus verlockt, schwindelnd wollte ich hinabstürzen, da brach der Zauber durch dich, o Aponomeria, meine zweite Mutter! – Ha! ich bin frei – frei! zerrissen sind alle Bande! – Er ist mein Sklave, den ich zertreten könnte, empfänd ich nicht Mitleid mit seinem Elend! – Großmütig will ich ihm sein magisches Spielzeug lassen. – Teodoros, ich habe dich geschaut in dem Spiegel, aus dem mir die herrlichste Zukunft entgegenstrahlte! – Ja! *ich*, ich winde die Palmen und Lorbeeren, die deine Krone schmücken sollen! – Oh! halt dich, mein Herz! – springe nicht vor namenlosen Entzücken, du starke Brust! Nein! – gern will ich harren in diesen Mauern, bis der Augenblick gekommen, bis Teodoros mir ruft! – Aponomeria ist ja bei mir und der Magus bezwungen!«

Dicht an den Rand dieses Blättleins hat Schnüspelpold geschrieben: »Ich ergebe mich in mein Schicksal, das durch die Huld der Fürstin noch leidiglich genug ist. Hat sie mir doch meinen Haarzopf gelassen und manches andere hübsche Spielzeug dazu. Gott weiß aber, wie es mir künftig in Griechenland ergehen wird. – Ich büße die Schuld meiner Torheit, denn unerachtet aller meiner kabbalistischen Wissenschaft sah ich doch nicht ein, daß ein phantastischer Elegant zum Höheren ebensowenig zu brauchen ist als ein Korkstöpsel und daß der Teraphim des Propheten Sifur eigentlich ein viel gescheuteres Männlein war als der Herr Baron Theodor von S. und also auch viel eher als dieser der Fürstin für ihren geliebten Teodoros Capitanaki gelten konnte.«

Es können noch einige Notizen des Barons Achatius von F. folgen.

»Die Geschichte hat großes Aufsehen in B. gemacht. – Ganz durchnäßt, von Kälte erstarrt, kam gleich nach Mitternacht Dein Neffe zu Kempfers – Du weißt, daß so ein Lustort im Tiergarten benannt wird – in seltsamer türkischer oder, wie man meinen will, neugriechischer Tracht und bat, daß man ihm Tee mit Rum oder Punsch bereiten möge, wenn er nicht sterben solle. Das geschah. Bald aber fing er an, verwirrte Reden zu führen, so daß Kempfer den Baron, den er zum Glück kannte, da er oftmals draußen gegessen, für heftig erkrankt halten mußte und ihn zu Wagen nach der Stadt in seine Wohnung schaffen ließ. Die ganze Stadt glaubt, er sei wahnsinnig geworden, und will schon in manchem Streich, den er vorher auslaufen lassen, die Spur dieses Wahnsinns finden. Nach der Versicherung der Ärzte leidet er aber bloß an einem sehr heftigen Fieber. Freilich sind seine Phantasien von der wunderlichsten Art. Er spricht von kabbalistischen Kanzleiassistenten, die ihn verhext haben, von griechischen Prinzessinnen, magischen Brieftaschen, sibyllischen Papageien durcheinander. Vorzüglich kommt er aber nicht von der Idee ab, daß er mit einer Enzuse vermählt gewesen und ihr untreu geworden, weshalb sie ihm nun aus Rache das Blut aussauge, so daß ihn nichts retten könne und er bald sterben müsse.«

»– Laß, mein Freund, nur alle Besorgnisse fahren, Dein Neffe ist in der vollsten Besserung. Immer mehr verlieren sich die schwarzen Gedanken, und er nimmt schon an allem Anteil, was das Leben Schönes und Herrliches für ihn hat. So freute er sich gestern ganz erstaunlich über die Form eines neumodischen Huts, den der Graf von E. trug, welcher ihn gestern besuchte, so daß er im Bette selbst den Hut aufsetzte und sich den Spiegel bringen ließ. – Er ißt auch schon Hammelkoteletts und macht Verse. – Spätestens in vier Wochen bringe ich Dir Deinen Neffen nach Mecklenburg, in Berlin darf er nicht bleiben, denn, wie gesagt, seine Geschichten haben zu großes Aufsehn gemacht, und er würde, sowie er sich nur zeigte, aufs neue das Gespräch des Tages werden etc.«

»Also nach zweijähriger Abwesenheit ist Dein Neffe glücklich zurückgekehrt? – Ob er wohl wirklich in Griechenland gewesen ist! – Ich glaube es nicht, denn daß er so geheimnisvoll tut mit seiner Reise, daß er bei jeder Gelegenheit sagt: ›Ja, wenn man nicht in Morea – in Zypern und so weiter war!‹ Das ist mir gerade ein Beweis dagegen! Leid tut es mir, daß Dein Neffe, war er wirklich in Griechenland, nicht Antizyra besucht hat und ebenso ein närrischer Phantast geblieben ist, als er es sonst war – Apropos! – Ich schicke Dir den ›Berliner Taschenkalender‹ von 1821, in welchem unter dem Titel: ›Die Irrungen, Fragment aus dem Leben eines Phantasten‹, ein Teil der Abenteuer Deines Neffen abgedruckt steht. Das Gedruckte macht auf Theodor einen erstaunlichen Eindruck, vielleicht erschaut er seine kuriöse Gestalt im Spiegel und schämt und bessert sich. – Gut wär's, wenn auch die neuen Abenteuer bis zum Zeitpunkt, als er Berlin verließ, abgedruckt werden könnten etc.«

Nachtrag

Es wird dem geneigten Leser nicht unangenehm sein, nachträglich zu erfahren, daß der Bote, den Hff. mit dem Billett an den Herrn Kanzleiassistenten Schnüspelpold geschickt hatte, dieses Billett uneröffnet zurückbrachte und berichtete, daß nach der Aussage des Hauswirts dort der bezeichnete Mann nicht wohne und auch niemals gewohnt habe. Gewiß ist es also, daß die Fürstin ihrem Magus die Aushändigung des Vermächtnisses an Hff. aufgetragen hatte, daß er die ihm auferlegte Pflicht erfüllen mußte und daß er, von seiner Arglist und Tücke nicht ablassend, erst einen sehr groben Brief schrieb und dann den guten Hff. durch ein abscheuliches Gaukelspiel auf schnöde Weise mystifizierte.

Daß jener Zeitpunkt, den die Vision im Tiergarten der Fürstin andeutete, gekommen, daß wirklich die Fahne mit dem roten Kreuz und dem Phönix flattert und daß die Fürstin in Gefolge dessen zurückgekehrt ist in ihr Vaterland, das alles ergibt sich aus den an Hff. gerichteten Versen. Besagte Verse sind dem Hff. deshalb besonders ein liebes und wertes Andenken von einer unvergleichlichen Person, weil er darin, mittelst allerlei poetischen Redensarten, als ein Magus behandelt wird, und noch dazu als ein guter, welcher mit schnöden Teufelskünsten nichts zu tun haben mag. Solches ist ihm noch gar nicht geschehen.

– Wunderbar endlich mag es auch sein, daß das, was im vorigen Jahr (1820) aus der Luft gegriffene leere Fabel schien, Andeutung ins Blaue hinein, in diesem Jahr (1821) in den Ereignissen des Tages eine Basis gefunden.

Wer weiß, welch ein Teodoros in diesem Augenblick die Kreuz- und Phönixfahne schwingt.

Sehr schade ist es, daß in den Fragmenten durchaus nirgends der Name der jungen griechischen Fürstin vorkommt, deshalb hat ihn auch Hff. niemals erfahren, und bloß dadurch ist er abgehalten worden, sich im Fremden-Bureau nach der vornehmen griechischen Dame zu erkundigen, die zu Ende Mai Berlin verlassen.

Soviel ist gewiß, daß die Dame nicht die Madame Bublina sein kann, die Napoli di Romania belagert hat, denn die Braut des Fürsten Teodoros ist von Vaterlandsliebe entbrannt, aber keine Heroine, wie es sich aus ihren Versen hinlänglich ergibt.

Sollte jemand von den geneigten Lesern Näheres von der unbekannten Fürstin und dem wunderlichen Kanzleiassistenten Schnüspelpold erfahren, so bittet Hff. demütiglich, es ihm durch die Güte Einer Hochlöblichen Kalender-Deputation freundlichst mitteilen zu wollen.

Geschrieben im Junius 1821.

Über tredition

Eigenes Buch veröffentlichen

tredition wurde 2006 in Hamburg gegründet und hat seither mehrere tausend Buchtitel veröffentlicht. Autoren veröffentlichen in wenigen leichten Schritten gedruckte Bücher, e-Books und audio-Books. tredition hat das Ziel, die beste und fairste Veröffentlichungsmöglichkeit für Autoren zu bieten.

tredition wurde mit der Erkenntnis gegründet, dass nur etwa jedes 200. bei Verlagen eingereichte Manuskript veröffentlicht wird. Dabei hat jedes Buch seinen Markt, also seine Leser. tredition sorgt dafür, dass für jedes Buch die Leserschaft auch erreicht wird.

Im einzigartigen Literatur-Netzwerk von tredition bieten zahlreiche Literatur-Partner (das sind Lektoren, Übersetzer, Hörbuchsprecher und Illustratoren) ihre Dienstleistung an, um Manuskripte zu verbessern oder die Vielfalt zu erhöhen. Autoren vereinbaren direkt mit den Literatur-Partnern die Konditionen ihrer Zusammenarbeit und partizipieren gemeinsam am Erfolg des Buches.

Das gesamte Verlagsprogramm von tredition ist bei allen stationären Buchhandlungen und Online-Buchhändlern wie z. B. Amazon erhältlich. e-Books stehen bei den führenden Online-Portalen (z. B. iBookstore von Apple oder Kindle von Amazon) zum Verkauf.

Einfach leicht ein Buch veröffentlichen: **www.tredition.de**

Eigene Buchreihe oder eigenen Verlag gründen

Seit 2009 bietet tredition sein Verlagskonzept auch als sogenanntes "White-Label" an. Das bedeutet, dass andere Unternehmen, Institutionen und Personen risikofrei und unkompliziert selbst zum Herausgeber von Büchern und Buchreihen unter eigener Marke werden können. tredition übernimmt dabei das komplette Herstellungs- und Distributionsrisiko.

Zahlreiche Zeitschriften-, Zeitungs- und Buchverlage, Universitäten, Forschungseinrichtungen u.v.m. nutzen diese Dienstleistung von tredition, um unter eigener Marke ohne Risiko Bücher zu verlegen.

Alle Informationen im Internet: **www.tredition.de/fuer-verlage**

tredition wurde mit mehreren Innovationspreisen ausgezeichnet, u. a. mit dem Webfuture Award und dem Innovationspreis der Buch Digitale.

tredition ist Mitglied im Börsenverein des Deutschen Buchhandels.

Dieses Werk elektronisch lesen

Dieses Werk ist Teil der Gutenberg-DE Edition DVD. Diese enthält das komplette Archiv des Projekt Gutenberg-DE. Die DVD ist im Internet erhältlich auf **http://gutenbergshop.abc.de**

Zeitfracht Medien GmbH
Ferdinand-Jühlke-Straße 7
99095 Erfurt, Deutschland
produktsicherheit@kolibri360.de